A. Koch-Gosejacob

Geest-Verlag
Verlag für engagierte Literatur

Ohne
Krimi nie ins Bett
denn es ist besonders nett
sich vor dem Schlafen noch zu gruseln
wenn Diebe Mörder um dich
wuseln

Anne Koch-Gosejacob

Manchmal ist das Schicksal schneller …

Mörderische Geschichten
in und um Osnabrück

Koch-Gosejacob, Anne
Manchmal ist das
Schicksal schneller ...
Mörderische Geschichten
in und um Osnabrück
a.koch-gosejacob@osnanet.de
www.koch-gosejacob.de

Fotos: Wilfried Borchert „Photoart“

Geest-Verlag 2012

Lange Straße 41 a, 49377 Vechta-Langförden
Tel. 04447/856580
Geest-Verlag@t-online.de
www.Geest-Verlag.de

Druck: Geest-Verlag

ISBN 978-3-86685-364-5
Printed in Germany

Inhalt

Witwenschwäche 7
Engelstrompeten 12
Der vorteilhafte Umbau 23
Mühlenzugriff 26
Menschliche Kunst 30
Überflüssig wie Zigaretten 39
Honig, ein Lebenselixier 46
Der verkehrte Seidenschal 54
Aschermittwoch 62
Ein verhängnisvoller Irrtum 66
Walburga und der Hauptgewinn 80
... und sie war mausetot 91
Mord auf Befehl 95
Mañana, morgen bist du dran 100
Domino-Effekt 125
Mysteriöser Mordversuch 128
Die unerschrockene Patientin 131
Gaunerschicksal 149
Ich hatte einen Schutzengel 153
Banküberfall 164
Mord im Poolparadies 170
Der nackte Mann auf dem Bett 173
Krieg ist Mord 180

Witwenschwäche

Diesmal trafen sie sich bei Vera, der Ältesten ihrer Frauengruppe. Anne, stets nach der neuesten Mode gekleidet, Claudia, die wieder mit ihrem Übergewicht kämpfte, obwohl es nur aus einem Kilo bestand, und die hübsche, rothaarige Susanne. Die vier saßen im großen sonnendurchfluteten Wintergarten, tranken gemütlich Kaffee und aßen mit viel Genuss eine fruchtigfrische Kirschsahnetorte, die Vera nach einem Rezept aus der ‚Welt der Frau' mit viel Aufwand eigens für diesen Nachmittag gebacken hatte.

Marie, die ebenfalls zu ihrer Gruppe gehörte und seit Kurzem verwitwet war, hatte vor fünf Minuten angerufen und ihnen mitgeteilt: „Bin noch auf dem Heger Friedhof. Bisschen später wird es werden, aber ich komme ganz bestimmt noch. Fahre nur noch kurz nach Hause und ziehe mich um."

Die anwesenden Damen freuten sich über Maries Anruf. Etwas Aufheiterung würde ihr sicher guttun. So früh den geliebten Ehemann zu verlieren, das war ein schwerer Schicksalsschlag gewesen. Und da Marie keine Kinder hatte, stand sie mit ihren achtundvierzig Jahren mit einem Mal ganz allein da. Ob sie je wieder heiraten würde, schien den Anwesenden nach einhelliger Meinung fraglich.

Um ihr die Zeit der Trauer ein wenig zu erleichtern, beschlossen die mitfühlenden Damen an diesem Nachmittag, sie abwechselnd zu verschiedenen Veranstaltungen mitzunehmen. Theater oder Kino würde Marie über die Zeit der Einsamkeit hinwegtrösten, sie auf andere Gedanken bringen. Wenn auch nicht mit größter Begeisterung verpflichtete sich jede von ihnen zu Aktivitäten. Wie schnell kann man schließlich selber in so eine Situation geraten, Hilfe und Zuspruch benötigten? Wer weiß das schon?

Es klingelte.

„Das wird sie sein", meinte Vera

Die Damen waren soeben mit ihren Überlegungen und guten Vorschlägen für die junge Witwe zu Ende gekommen. Rasch sammelte man sich und setzte ‚dezente', dem Trauerfall angemessene Mienen auf.

Vera ging zur Haustür und öffnete sie. Gerade wollte sie Marie in einem mitleidenden Ton begrüßen, da ... ‚Das kann doch nicht sein!' ...

Verdutzt schaute sie einmal, zweimal auf die Frau, die dort vor ihr stand. Sie konnte kaum fassen, was sie sah.

Marie ignorierte die Überraschung und ging fröhlich winkend an Vera vorbei. Aufgedreht und gut gelaunt begrüßte sie die anderen Damen im Wintergarten. Auch die waren fassungslos über den Anblick, der sich ihnen bot. Susanne ließ vor Schreck die Kuchengabel fallen. Claudia war so geschockt, dass sie sich verschluckte und gerade noch rechtzeitig vor dem Hustenanfall die Kaffeetasse hinstellen konnte. Anne vergaß sogar, ihren Mund wieder zuzumachen.

Vera, die inzwischen hinter Marie stand und der das Verhalten der Freundinnen peinlich war, stieß sie vorwurfsvoll an. Aber wer erwartete auch eine trauernde Witwe im luftig bunten Sommerkleid?

Nachdem Marie sich gesetzt und Vera ihr Kaffee eingeschenkt hatte, folgte die nächste Überraschung. „Ihr braucht euch keine Sorgen um mich zu machen, meine Lieben! Ich habe bereits einen netten und liebenswerten Mann für mein zukünftiges Leben gefunden. Damit es kein dummes Gerede gibt, erzähle ich es euch am besten gleich selbst. Und es ist wirklich ein neues Leben! Mein Verstorbener, ihr kanntet ihn alle, war ja fürsorglich und treuherzig, hat aber immer alles sehr langfristig geplant, war nie spontan, eben Beamter. Abwarten, das war die Devise seines Lebens. Und er ist so ganz anders, mein Zukünftiger, ein richtig flotter Kerl“, teilte die junge Witwe den Anwesenden in bester Stimmung mit.

Ein wenig verstört und pikiert schauten sich die Damen untereinander an. Schließlich war der von ihnen geschätzte Ehemann Maries erst seit fünf Wochen unter der Erde, und die schönen Blumenkränze mit ihren schwarz beschrifteten Beileidsschleifen lagen noch auf dem Grab. Man war einfach sprachlos.

Zugleich war jede von ihnen erleichtert und atmete heimlich auf. Nun brauchten sie sich nicht mehr besonders um Marie zu kümmern. Der Plan, sie überallhin mitzunehmen, war nun zum Glück überflüssig geworden. Es wäre ihnen bestimmt oft lästig geworden. Marie war immer so anspruchsvoll!

Als Erste konnte Susanne ihre Neugierde nicht mehr unterdrücken. Fast schien sie ein wenig eifersüchtig, ja neidisch, als sie fragte: „Wo hast du denn so schnell einen neuen Mann gefunden? Ich suche seit Jahren nach einem geeigneten Ehemann, aber bisher hat sich das als sehr schwierig erwiesen!"

Marie wurde rot, druckste ein wenig herum. „Na ja ... Also, ... es ist der nette Junggeselle, der auf der Etage gegenüber von uns wohnt und von dem ich euch schon ab und zu erzählt habe. Der, der sich immer so rührend um seine alte, kranke Mutter kümmert. Er pflegt sie sogar selbst!"

‚Mutter ..., ja ja ...', dachte Susanne. ‚Bestimmt hat er sich mehr um Marie, seine einsame hübsche Nachbarin gekümmert, denn ihr Ehemann kam ... war oft reichlich spät aus seinem Büro im Rathaus nach Hause gekommen.' Laut äußerte sie ihre Gedanken lieber nicht. Sie erinnerte sich, dass Marie schon vor etwa einem halben Jahr mit glänzenden Augen von dem tollen Mann vis-à-vis geschwärmt hatte. ‚Wer weiß, vielleicht ist es ja damals schon mehr als nur Begeisterung gewesen.'

Nachdem alle die Neuigkeit einigermaßen verarbeitet, das Für und Wider einer festen Verbindung mit diesem Mann besprochen hatten, gratulierten die Damen Marie und wünschten ihr aufrichtig viel Glück für die neue Beziehung. Sie war schließlich eine von ihnen und trotz mancher Gegensätze hielten sie immer wie Pech und Schwefel zusammen.

Maries Gedanken bei der Gratulation für die künftige Partnerschaft bemerkte niemand. ‚Ach, wie gut, dass niemand weiß ... Natürlich hätte ich den Notarztwagen in jener Nacht, als Klaus den Herzanfall bekam, gleich anrufen können. Aber ich habe endlich das gemacht, was er mir immer wieder als die Devise seines Lebens gepredigt hat, die auch für mich so wichtig wäre: Einfach erst mal abgewartet ...'

Engelstrompeten

„Hat es nicht gerade geklingelt?" Marlies schreckte im Gartenstuhl auf und schaute fragend zu Bernhard. Der zuckte uninteressiert mit den Schultern. „Hab' nichts gehört!"

Nun war das Klingeln nicht mehr zu überhören. Anhaltender, drängender durchbrach jemand die Ruhe. Umständlich faltete Bernhard seine ‚Auto Motor & Sport' zusammen und murmelte vorwurfsvoll: „Muss ich wohl selber gehen. Du rührst dich ja doch nicht!"

„Nein, lass nur. Ich gehe schon!" Marlies quälte sich bereits aus dem Gartenstuhl, da ihr Mann keine Anstrengung unternahm, zur Haustür zu gehen. Mit einem letzten Blick auf ihr Äußeres im Flurspiegel öffnete sie die Haustür und wurde augenblicklich mit zahlreichen Küsschen überfallen.

„He, ihr seid ja doch da!" Jutta, klein, quirlig, mit neuer fransig-roter Sommerfrisur, strahlte ihre Freundin an, plauderte drauflos. Plötzlich stutzte sie: „Wie siehst du denn aus? Hast du geweint?"

„Ja, ... wir haben uns wieder mal gestritten. Bernhard war schon wieder so ekelhaft gemein zu mir." Marlies schluckte ihre aufsteigenden Tränen hinunter.

Mitfühlend legte Jutta den Arm um Marlies. „Und worum ging's diesmal? Erzähl!"

„Ach, wie immer! Es ging wieder um den Garten, ums Geld. Jetzt muss ich schon um jede neue Pflanze kämpfen. Schrecklich, und es wird immer schlimmer!"

„Dann mach doch einfach nichts mehr, lass alles liegen. Schon' dich lieber.“

„Du hast gut reden. Was glaubst du, wie es dann bald im Garten aussehen wird! Bernhard macht doch fast nichts.”

„Na, hör mal! Lass dir doch nicht alles gefallen! Bestell einfach einen Gärtner, damit dein Mann endlich weiß, was er spart, wenn du den Garten selber machst.” Jutta drückte ihre zerknirschte Freundin an sich, strich ihr liebevoll über die Wange und sagte aufmunternd: „Kopf hoch! Lass dich bloß nicht unterkriegen, meine Liebe.”

Arm in Arm gingen die beiden nach draußen.

„Hallo, Bernd! Na, wie geht's?”

Widerwillig schaute Bernhard von seiner Zeitung auf: „Ach, du bist es. Was habt ihr denn so lange da drinnen geredet?”

„Frauensache!”

„Was soll das heißen? Kannst du nicht vernünftig antworten?” Verärgert über die Antwort seiner Frau rückte Bernhard seine Brille zurecht und widmete sich wieder der ‚Auto Motor & Sport'.

Jutta ließ sich derweil auf die weichen Kissen eines grünen Gartensessels fallen. ‚Na, das hätte der mal zu mir sagen sollen!', dachte sie und schlug die Beine lässig übereinander. ‚Ein Scheusal ist das!'

‚Blöde Pute!' Bernhard war noch immer verärgert, dass er nicht mitbekommen hatte, worüber die Frauen im Flur geredet hatten. Gleichwohl linste er unauffällig über den Zeitungsrand. ‚Hübsche Beine hat sie ja, … aber dieser kurze Fummel. Man kann ja fast überall hinsehen. Gott sei Dank zieht Marlies so etwas nicht an. Das würde ich ihr auch strikt verbieten.'

Aufmerksam schaute Jutta derweil in die Runde. „Mensch, euer Garten ist echt 'ne Wucht, immer blüht etwas. Oooh ... aah, vorne das Beet! Habt ihr das neu gestaltet?"

„Nein, mit Perwoll gewaschen!" Abfälliger hätte Bernhard seine Bemerkung nicht fallen lassen können.

Seine Frau sah ihn vorwurfsvoll an, ehe sie sich ihrer Freundin zuwandte. „Das ist das Corpus Delicti. Ich habe das Beet gestern neu angelegt. War ganz schön anstrengend. Zuerst musste ich den alten, verholzten Fliederbusch ausgr..."

„Ausgraben!", fuhr Bernd ihr über den Mund. „Das brauchtest du überhaupt nicht! Aber du musst ja dauernd alles im Garten ändern. Ich habe dir gleich gesagt, dass es zu viel Arbeit macht. Aber du hörst ja nicht auf mich."

„Du lieber Himmel! Der Busch war doch viel zu a..."

„Alt, willst du sagen. So ein Quatsch! Der hätte noch glatt einige Jahre geblüht."

„Die neuen roten Begonien machen sich aber gut, sehen viel schöner aus, Bernd", schaltete sich Jutta in den Zwist ein.

„Halt du dich da raus, Jutta! Was verstehst du denn davon?" Bernhard stand kurz vor einem seiner gefürchteten Wutanfälle. ‚Was geht die alte Pute unser Garten an. Hat keine Ahnung, aber mir was sagen wollen!'

„Na hör mal, Bernd! Meine Mutter hat auch einen Garten und die sagt, Begonien halten sehr lange und blühen bis zum Herbst."

„Und ...?"

„Was heißt hier ‚und' ...?", fragend sah Jutta Bernd an.

„Ganz einfach, dann reißt Marlies sie wieder heraus. Für den Herbst müssen dann Stiefmütterchen gekauft werden. Und wer bezahlt das alles? Ich natürlich!"

„Ist ja ätzend! Du tust mir richtig leid, du armer Kerl." Jutta konnte sich ein Grinsen nicht verkneifen, wusste sie doch um das Gehalt des Abteilungsleiters bei einer kirchlichen Osnabrücker Irgendwasbehörde.

„So ganz stimmt das auch nicht!", warf Marlies zaghaft ein. „Den Kunstdünger, den habe ich neulich von meinem Taschengeld gekauft." Über ihren eigenen offenen Widerspruch überrascht, senkte Marlies den Kopf, betrachtete ihre rauen Hände und fühlte mit einem Mal wieder den stechenden Schmerz in ihrem Rücken. Kaum vernehmbar murmelte sie: „Und wenn deine Freunde kommen und alles bewundern, tust du immer so, als würdest du den Garten allein bearbeiten."

Abschätzend sah Jutta den Mann ihrer Freundin an. ‚Dieser große, dicke Kerl, sein Bauch wäre bestimmt kleiner, wenn er sich ein bisschen mehr bewegen würde. Sein Hemd könnte er dann auch wieder komplett zuknöpfen, was bestimmt besser aussehen würde!' Interessiert fragte sie: „Und wer mäht bei euch den Rasen?"

„Ich natürlich", tönte es stolz aus Bernhards Mund.

„Stell dir vor, Jutta, er hat sich einen großen Rasenmähertraktor mit Auffangkorb gekauft."

„Du brauchst gar nicht so schnippisch zu reagieren, meine liebe Marlies, eine sinnvolle Anschaffung war das!"

„Was soll daran wohl sinnvoll gewesen sein? 2.500 Euro für so ein Ding."

„Da sieht man wieder, dass du keine Ahnung hast! Schon mal was von Arbeitszeitersparnis gehört? Ich brauche den Rasenschnitt nicht mehr zusammenzuharken, das spart mehr als die Hälfte der Zeit, die wir sonst gebraucht haben!"

„Was, das riesige Ding neben der Garage ist deins? Alle Achtung!"

Schallend lachte Jutta auf, klopfte sich auf die Schenkel, drehte sich um und blickte demonstrativ auf die vielleicht zwanzig Quadratmeter große Rasenfläche im Garten in der Reihenhaussiedlung im Ortsteil Schölerberg von Osnabrück. „Weißt du, Bernd, allmählich kann ich Marlies verstehen. Sie muss um Geld für Blumen betteln und du gibst Unsummen für dein technisches Spielzeug aus. Wie wär's, wenn du stattdessen den Garten einbetonierst und grün anstr..."

„Du redest dummes Zeug", unterbrach Bernhard sie wütend.

„Wieso? Das wäre doch was! In die Mitte stellst du eure große Trompetenblume. Wo ist sie eigentlich?"

„Wenn du endlich deine blöde Sonnenbrille absetzen würdest, könntest du sie auch sehen. Sie steht schräg hinter dir." ‚Blöde Kuh', dachte er, stand auf und brach die unteren, welken Blätter der Blume ab. Sie störten seinen angeborenen Ordnungssinn.

Nun war Jutta beleidigt, dachte aber nicht im Traum daran, die Brille abzusetzen. Auch mit den verdunkelten Gläsern konnte sie deutlich sehen, wie ihm der Pflanzensaft über die Finger lief.

Bernhard knüllte die abgebrochenen Blätter zusammen und warf sie auf den Tisch. Flüchtig wischte er seine Hände an der dunkelblauen Jeans ab, stopfte sich die letzten gezuckerten Brombeeren, die Marlies ihm – wohl zur Versöhnung nach ihrem letzten Streit – auf einem Teller hingestellt hatte in den Mund und leckte sich genüsslich die süßklebrigen Finger ab. Mit ungläubigen Augen schaute Marlies zu.

Jutta konnte es nicht lassen, angriffslustig fragte sie: „Weißt du nicht, dass Trompetenblumen giftig sind?"

„Natürlich weiß ich das. Neuerdings scheint alles giftig zu sein, was ich anfasse. Nicht wahr, meine Liebe?" Grinsend tätschelte er seiner Frau das Knie, richtete sich dann auf und meinte im Befehlston: „Übrigens, ich habe Hunger. Es wird Zeit fürs Abendbrot!"

Marlies reagierte erst einmal nicht auf seine Aufforderung. Versonnen starrte sie auf die große, duftende Blume. ‚Was habe ich im Gartenlexikon gelesen? Engelstrompeten oder auch ‚Trompeten von Jericho' enthalten Alkaloide wie Atropin und Sco... Scopo... egal, jedenfalls ein hochgiftiger Stoff!'

Unsanft stieß Bernhard sie an. Erschrocken sah Marlies auf und wurde rot, so als ob sie Angst davor hätte, dass er ihre Gedanken hören könnte.

„Hast du mir überhaupt zugehört? Zeit fürs Abendbrot. Also ein Salatteller, etwas Brot und ein kühles Bier würden mir gefallen!" Aus der Hosentasche zog Bernhard ein ordentlich gefaltetes Taschentuch und tupfte sich die feuchte Stirn ab.

„Dann will ich euch mal nicht länger stören." Jutta erhob sich.

Auch Marlies stand auf, nahm die grünen, giftigen Blätter vom Tisch und begleitete die Freundin zur Tür.

„Tschüß, meine Liebe. Und lass dich nicht mehr ärgern von dem!", verabschiedete sich Jutta, nicht ohne die etwas abwesend wirkende Freundin noch einmal mitleidig zu umarmen.

Marlies ging in die Küche, warf die welken Blumenblätter in den Abfalleimer und wusch sich gründlich die Hände. Dann nahm sie eine Glasschüssel aus dem Schrank und begann, Tomaten, Gurken und Eisbergsalat zu zerkleinern. Dabei musste sie ständig an den albernen Streit im Garten denken. Sie schluckte ... ‚Nein, nicht weinen', sagte sie sich und reckte sich nach der Essigflasche auf dem Bord. Doch unbarmherzig drängte sich ihr immer wieder die Szene von heute Vormittag auf. Beinahe hätte Bernhard ihre orangefarbene Lieblingsrose geköpft, die sie so aufopfernd gepflegt und gehätschelt hatte und die nun endlich einige schöne, duftende Blüten bekommen hatte. Ahnungslos war sie in den Garten gegangen, um zu sehen, was Bernhard machte. Plötzlich entdeckte sie, dass fast alle Zweige ihrer Lieblingsrose abgeschnitten auf dem Boden lagen. Und das nur, weil sie vergessen hatte, den Blütenflor aufzufegen, den der Wind gestern auf die Terrasse geweht hatte. Sein Ordnungs- und Reinlichkeitsfimmel war wohl gestört gewesen. Für einen Moment hatte sie die Augen geschlossen und gedacht, ihr Herz würde stehen bleiben. Es hatte ihr in der Seele wehgetan, so als hätte er ihr selbst etwas abgeschnitten. Mit ausgebreiteten Armen hatte sie sich vor die Rose gestellt, um sie vor den wütenden Attacken ihres Mannes zu schützen. Der jedoch hatte sie mit funkelnden Augen angesehen und geschrien: „Verschwinde, albernes Weib. Stell dich nicht so an wegen der dusseligen Rose, ist schließlich nur dorniges Gestrüpp."

Aber sie hatte sich geweigert, war stehen geblieben. Nach einiger Zeit hatte er aufgegeben, die Schere im hohen Bogen in die Rabatte geworfen und war wutschnaubend ins Haus gestapft. Schluchzend hatte sie die abgeschnittenen Rosenteile aufgesammelt und auf den Kompost gebracht. Eine abgebrochene Blüte hatte sie behutsam aufgehoben, in die Küche mitgenommen, auf einen flachen Teller mit Wasser gelegt und auf die Arbeitsplatte gestellt.

Marlies schaute zu ihr hin. Die Rose war heute voll erblüht, sah in ihrer Farbe und Form edel aus und duftete wundervoll. Es kam ihr vor, als nickte ihr die Blüte dankbar zu. Sie meinte sogar, eine flüsternde Stimme zu hören, die ihr sagte: „Es wird Zeit, dass du andere Saiten aufziehst, meine Liebe. Du musst uns und deinen Garten vor diesem Menschen schützen!"

‚Ich glaube, jetzt spinne ich langsam.' Marlies lachte laut auf, rührte den Salat um und schmeckte ihn ab. ‚Nicht schlecht, allerdings könnte er ein bisschen würziger sein. Etwas Pfeffer, etwas Essig oder vielleicht ...? Nein ... !Oder doch ...? Es wäre die Gelegenheit!'

Die jahrelangen Bevormundungen, Demütigungen und Betteleien um Geld, um jedes Stück Eigenständigkeit müssten ein Ende haben. Kurz entschlossen öffnete sie den Mülleimer und griff hinein.

„Warum deckst du nur für mich, hast du keinen Hunger?" Bernhard war in die Küche gekommen und sah auf dem Esstisch nur ein Gedeck stehen.

„Mir ist für heute der Appetit vergangen! Ich geh' ins Bett. Dein Bier musst du dir schon selber holen."

Mitten in der Nacht wurde Marlies wach, hörte ihren Mann stöhnen und sich im Bett wälzen.

„Ist dir nicht gut?“, fragte sie ihn.

„Mir ist schwindelig und furchtbar übel. Ich war schon zweimal zur Toilette und musste mich auch übergeben. Schlucken kann ich auch nicht richtig. Ich glaub, mein Hals ist richtig zugeschwollen."

„Stell dich nicht so an! Hast gestern Abend sicher wieder zu viel Bier getrunken."

Schwerfällig versuchte Bernhard sich aufzusetzen, aber er hatte keine Kraft, war wie gelähmt. Plötzlich begann er zu röcheln, griff sich an den Hals und schnappte nach Luft.

Das war zu viel für Marlies. Sie stand auf, ging mit einem letzten Blick auf ihren sich windenden Mann ins Gästezimmer, legte sich auf die Liege, zog die braune Wolldecke über die Ohren und versuchte trotz nagender Gewissensbisse weiterzuschlafen.

Am anderen Morgen horchte Marlies an der Schlafzimmertür. Totenstille!

Leise begann sie vor sich hinzusummen, ging ins Wohnzimmer, zog die Schiebetür zur Terrasse weit auf und atmete tief durch. Die frische, kühle Morgenluft tat ihr gut. Barfuß lief sie schließlich über die ordentlich gepflasterte Terrasse, blieb vor der hohen, rosafarbenen Trompetenblume stehen und flüsterte: „Meine Liebe, ich kaufe dir einen wunderschönen großen Keramiktopf, denn Geld spielt ab heute keine Rolle mehr!"

In ihrem kurzen, dünnen Nachthemd wanderte sie weiter durch den Garten und strich sanft mit den Fingern über die leicht geöffneten, wie schweres Parfüm duftenden Blüten ihrer Rosen, auf denen kleine Tautropfen wie Diamanten in der Morgensonne glitzerten. Ab und zu bückte sie sich, zupfte hier und da ein Unkrauthalm und genoss den stillen, friedlichen Beginn des neuen Tages.

Nach einiger Zeit gab sie sich einen Ruck. Mit hoch erhobenem Haupt schritt sie zurück ins Wohnzimmer, rief ihren alten Hausarzt an und bat ihn, sofort zu kommen. Ihr Mann ...

„Tod durch Herzversagen“, stellte der fest. „Sein Übergewicht hat ihn umgebracht.“

Der vorteilhafte Umbau

Durch den dunklen, grauen Keller kehrte Robert zurück in das Bürogebäude am Kollegienwall, schnitt unten im Vorraum, in dem die schwarzen Mülleimer standen, die dünnen, weißen Sanitätshandschuhe in kleine Stücke und steckte sie zuunterst in einen der Mülleimer, in dem schon ein paar verdreckte Gummihandschuhe der Putzfrau lagen. Er wusste, dass die Eimer innerhalb der nächsten Stunde geleert würden. Vorsichtshalber entfernte er noch aus einem der Staubsauger, die an der Wand lehnten, den prall gefüllten Papierbeutel, kippte den staubigen Inhalt über die Handschuh und klappte leise den Deckel des Mülleimers zu.

Eilig wusch er sich in dem abgestoßenen Emaillewaschbecken die Hände, trocknete sie flüchtig an dem blaukarierten Handtuch ab und schlich statt durch den Haupteingang durch das angrenzende Treppenhaus nach oben ins Büro.

Als er vor Jahren die andere Hälfte des Hauses dazugekauft hatte, ließ er sich im zweiten Treppenhaus eine Geheimtür einbauen, die direkt in sein Büro führte und im Raum als Aktenregal getarnt war. Da er es oft mit zwielichtigen ausländischen Geschäftsleuten zu tun hatte, war diese fast unsichtbare Tür für ihn als Fluchtweg gedacht. Durch sie konnte er heute unbemerkt in sein Büro zurückkehren.

Seine junge Sekretärin Louisa, die schon mehrmals ungeduldig auf die Uhr gesehen hatte, hörte sofort auf zu tippen, als er den protzig eingerichteten Raum betrat. Mit ihren rabenschwarzen Augen sah sie ihn erwartungsvoll an.

Robert umschritt den schweren Eichenschreibtisch, ließ sich aufatmend in seinen dicken Ledersessel fallen, zog den goldenen Ehering vom Finger, öffnete die unterste Schreibtischschublade, warf ihn achtlos hinein und flüsterte mit leiser, belegter Stimme: „Es hat geklappt! Sie liegt einbetoniert in der Tiefgarage des neuen Kaufhauses am Kamp.“

Glücklich lächelnd stand Louisa auf, ging um den Schreibtisch herum und stellte sich hinter ihn. Geschmeidig wie eine Katze legte sie ihre schlanken, von der Sonne gebräunten Arme um seinen Hals, schmiegte sich eng an ihn und flüsterte: „Ich wusste, dass wir es schaffen, dass du es schaffst, mein wundervoller, kluger Geliebter. Jetzt steht uns nichts mehr im Wege!”

Sie setzte sich auf seinen Schoß und küsste ihn leidenschaftlich, sah sich dabei als neue Ehefrau in seiner eleganten Villa am Rubbenbruchsee auf der Terrasse sitzen und mit seinen Freunden, einigen honorigen Männern der Stadt, plaudern. Ab jetzt würde sie stets nach der neuesten Mode gekleidet sein, schicke Sachen aus München oder Mailand tragen, die ihre Figur so richtig zur Geltung bringen würden. Louisa stellte sich vor, wie bei ihrem Anblick den geilen alten Böcken fast die Augen aus dem Kopf fallen würden.

Plötzlich klopfte es an der Tür. Gerade noch rechtzeitig konnte sich Louisa von Robert lösen und einen Schritt zur Seite gehen, ehe Fräulein Schmidt, die neue

Schreibkraft, mit festem Schritt eintrat. Sie reichte Louisa die handschriftlichen Aufzeichnungen eines Telefonats, das sie mit einem Kunden wegen dringender Notarunterlagen geführt hatte.

Robert lobte seine Angestellte, und Frau Schmidt war sichtlich stolz, dass sie den Auftrag zur vollen Zufriedenheit ihres neuen Chefs erledigt hatte. Wenn man sie später zum Verschwinden von Frau Breitschwanz befragen würde, könnte sie sicherlich bestätigen, dass ihr Chef, Doktor Robert Breitschwanz, die ganze Zeit mit der Sekretärin, Fräulein Louisa Maier, im Büro gewesen und gearbeitet hätte.

Er war ja so ein netter, arbeitsamer Mensch!

Mühlenzugriff

Lässig, mit der Schulter gegen die alte Mauer gelehnt, stand Luca da. Gelangweilt malte er mit seiner schwarzen Lackschuhspitze kleine Kreise auf den sandigen Boden, während in seinem Mundwinkel eine halb aufgerauchte Zigarette hing. Es war die gleiche Sorte, für die auf dem Plakat in der Nähe mit einem bunten Slogan geworben wurde. ‚Ich geh' meilenweit für eine Camel ...'

Weit zu laufen war er allerdings nicht gewillt. Es reichte ihm schon, dass er hier in Lechtingen, immerhin ein paar Kilometer weg, auf seine Chatverabredung warten musste – und das tat er nun schon eine ganze Weile.

Sie hatte ihm gesagt, ihre Eltern dürften von einem Treffen nichts merken, deshalb hatte er diesen Ort vorgeschlagen.

Mit seiner letzten Neuerwerbung, der kleinen, zarten Lisa, war er nach einem erfolgreichen Besuch bei einem älteren, zahlungskräftigen Freier, der auf Schulmädchen stand, schon mal hier gewesen. Er hatte ihr die Mühle gezeigt und danach gönnerhaft in Wallenhorst ein Essen spendiert.

Verärgert schaute Luca auf seine Rolex. „Wo bleibt die nur? Hat schon eine halbe Stunde überzogen", knurrte er. Allmählich wurde er sauer und dachte: ‚Hätte ich mich bloß nicht auf diesen abgelegenen Treffpunkt eingelassen. Nicht mal eine Kneipe ist in der Nähe, nu die alte klapprige Windmühle.' Das stöhnende und knarrende Geräusch der sich langsam drehenden Mühlenflügel nervte ihn zunehmend.

Was ihn einzig und allein gereizt hatte, hierher zu kommen, war ihre angenehme Stimme am Telefon gewesen. Vertrauensvoll, leicht kindlich hatte sie geklungen. Er schätzte sie auf vielleicht sechzehn bis siebzehn Jahre. Er versuchte sie sich vorzustellen, sprach dabei mit sich selbst: „Vielleicht blond und schlank, kleine feste Titten und die Rundungen einer heranwachsenden Frau. Wenn sie nicht zu zickig ist, werde ich sofort etwas mit ihr anfangen." Der Gedanke an die vermutete Weiblichkeit und sein Vergnügen hob seine Stimmung ein wenig, die zwischenzeitlich auf dem Tiefstpunkt angekommen war. Junge Frauen konnten nie pünktlich sein. Das musste er ihr als Erstes abgewöhnen, sonst könnte aus seinem Geschäft mit ihr nichts werden. Seine Mädchen mussten jede Minute nutzen, mussten gewinnbringend arbeiten.

Wie immer würde er zuerst den zärtlichen, liebevollen Freund spielen. Sie mit Blumen und teuren Geschenken überhäufen, bis er sie ins Bett bekommen hatte. Wenn sie ihm erst einmal hörig wäre – dass ihm dies gelingen würde, stand für ihn außer Zweifel –, liefe es genauso ab wie bei all den anderen Frauen. Sie müsste dann für ihn arbeiten, auf den Strich gehen. Schließlich brauchte er Geld! Und das, was er bis dahin an Klamotten und Schmuck in sie investiert hätte, würde er zurückhaben wollen. Darüber hinaus brauchte er dringend ein neues Auto.

Ja ... Je älter er wurde, umso mehr stiegen seine Ansprüche und das kostete nun mal! Außerdem stellte er fest, dass ihn in der letzten Zeit nur noch die ganz jungen Frauen, ja eigentlich Mädchen reizten.

Er genoss stets den Augenblick, wenn sie dahinterkamen, dass er sie nur benutzte. Dieser ängstliche und flehende Ausdruck in ihren Augen, das Betteln, sie nicht auf die Straße zu schicken, diese Abhängigkeit gaben ihm ein uneingeschränktes Gefühl von Macht. Besonders wenn sie sich ihm wiedersetzten oder gar abhauen wollten, so wie die kleine Lisa, mit der er den Ausflug hierher gemacht hatte. In seiner blinden Wut hätte er sie fast erschlagen! Wie sie trotzdem aus seiner Wohnung entwischen konnte, war ihm ein Rätsel.

Vergrätzt schaute er auf die Uhr, wurde allmählich stocksauer und wetterte: „Blöde Weiber! Nichts als

Ärger mit ihnen. Wenn sie nicht in fünf Minuten hier ist, verschwinde ich. Hab' ich nicht nötig. Gibt schließlich genug andere!"

Fluchend steckte er sich eine neue Zigarette an, machte ein paar tiefe Züge, schmiss sie fort und lief wie ein hungriger Wolf, der nicht an sein Fressen kam, wütend vor dem Gebäude der Windmühle auf und ab.

„Das ist er! Ich erkenne ihn", flüsterte Lisa der jungen Beamtin zu, die das scheinbare Treffen mit Luca als Lockvogel nach dem Chat mit ihm vereinbart hatte. Mit Tränen in den Augen deutete Lisa auf den Mann, der sich gerade eine neue Zigarette anzündete und wütend vor sich hin schimpfte.

Die junge Polizistin nickte den beiden männlichen Zivilbeamten zu, die nun aus dem dichten Gebüsch hinter der Lechtinger Mühle hervortraten und als interessierte Touristen auf das alte Gebäude zuschlenderten. Luca nahm sie erst richtig wahr, als die Handschellen bereits um seine Handgelenke klickten.

Nachdem ihn die Polizisten in den Wagen verfrachtet hatten und losfuhren, sah er noch, wie Lisa mit einer anderen Frau aus dem Gebüsch trat.

Menschliche Kunst

„Gott sei Dank, gleich ist Feierabend!", stöhnte Ewald, der schon seit Jahren als Aufsicht im Nussbaum-Museum angestellt war und gerade einen Blick auf die große Uhr im neuerbauten, gläsernen Eingangsbereich geworfen hatte.

Der heutige Tag war einfach stressig gewesen. Die vielen quirligen, zumeist wenig interessierten und dafür lärmenden Kinder, jede Menge Touristen, die sich nach diesem und jenem erkundigten – er konnte das alles nicht mehr ertragen. Ob es am Alter lag? Früher hatte ihn nichts davon gestört. Ganz im Gegenteil! Er fühlte sich stets geschmeichelt, wenn man ihn zu einzelnen Kunstobjekten befragte, war stolz auf seine genauen Erklärungen, auf sein fundiertes Wissen.

‚Ist die heutige Kunst überhaupt noch Kunst?', grübelte er manchmal. Joseph Beuys zum Beispiel, der gerne und oft mit seinen Werken provozierte, Fettskulpturen oder Schokoladenobjekte in einer Badewanne ausstellte. Diese Art Kunst verstand Ewald nicht. Aber die Zeiten hatten sich halt geändert.

Eben, kurz vor Feierabend an diesem Sonntag, war auch so ein Spinner dagewesen. Den faszinierte eine neue Performance hinten im letzten Raum des Obergeschosses. Besonders angetan war er vom Zusammenspiel der einzelnen Objekte mit dem vielen dunklen Rot als Untergrund. Euphorisch schwärmte er vom passenden Geruch, den der geniale Künstler dazu ausgesucht hätte.

Er hatte von Ewald wissen wollen, wie man so etwas hinbekäme. Genervt hatte Ewald seinen weißen Haarschopf – oder vielmehr das, was noch davon übrig geblieben war – geschüttelt und mürrisch geantwortet: „Ich weiß es nicht. Am besten Sie kommen nächste Woche wieder, dann ist die Kuratorin der Ausstellung anwesend. Die können Sie danach fragen." Er hatte sich umgedreht, den Besucher einfach stehen gelassen und einen letzten Rundgang vor dem Schließen des Museums gemacht.

Ewald hatte strikte Anweisung, zum Abschluss jeden Tages einen Kontrollgang zu machen. Nicht auszudenken, wenn er jemanden aus Versehen einschließen würde.

„Man hätte mir ja auch mal mitteilen können, dass ganz oben ein neues Objekt aufgebaut ist", brummelte er ärgerlich und schlurfte vergrätzt in die erste Etage. Oben angekommen, öffnete er die Tür und warf einen flüchtigen Blick in den halbdunklen Raum.

„O Gott ... Was es heutzutage alles gibt! Die Künstler werden immer verrückter.“ Das ausgestellte Arrangement wirkte abstoßend auf ihn. Es sah aus wie ein Ausschnitt aus einem billigen Horrorfilm. Die rote Farbe auf dem Boden und an der Wand sollte wohl Blut symbolisieren. Um sich so etwas anzusehen, brauchte man gute Nerven. Er sah sie schon vor sich, die feinen Damen der Osnabrücker Gesellschaft. Sah, wie sie der Reihe nach in Ohnmacht fielen ... Gut, dass morgen das Nussbaum-Museum geschlossen war, so konnte er sich in aller Ruhe eine passende Erklärung für dieses scheußliche Objekt zurechtlegen.

Am Dienstagmorgen hatte Ewald das seltsame Kunstwerk schon beinahe vergessen. Er wollte sich seinen freien Montag nicht verderben und irgendwelche Erklärungen für ein Objekt zusammenbasteln, dem er überhaupt nichts abgewinnen konnte. Irgendetwas würde ihm heute schon einfallen, wenn die Besucher ihn fragen würden. Gemächlich schlenderte er den langen Flur im Obergeschoss entlang und inspizierte gemäß seiner Dienstanweisung alle Räume.

Plötzlich blieb er stehen, hob die Nase und schnupperte. Dieser seltsame, süßliche Geruch ... Ekelerregend!

Mit einem Mal wusste er um den Geruch. Er fasste sich an den Kopf und murmelte: „Dieses neue ungewöhnliche Werk! Wie konnte ich es nur vergessen?“ Der Geruch war seit Sonntag allerdings stärker, intensiver geworden. Eigenartig!

„Was soll’s“, sagte er sich, „Kunst ist eben Kunst!“ Wiederwillig betrat er den Raum. Er ging zum Fenster, öffnete es und ließ frische Luft hereinströmen. Dennoch hielt er sich die Nase zu, als er näher herantrat, um sich das Kunstwerk bei Tageslicht zu betrachten.

‚Welcher einigermaßen normale Mensch konnte nur so etwas erschaffen?’ Ihn schauderte. Vor einer blauen Rückwand war ein abgetrennter Frauenkopf mit langen, blonden Haaren wie auf einen Sockel aufgestellt. Die weit aufgerissenen grünlichen Augen erschienen Ewald wie ein stummer Aufschrei. Eine Handbreit vor dem Kopf lag der Rumpf, nur bekleidet mit einem rosa BH und einem knappen Höschen. Arme und Beine waren abgeschnitten und zu beiden Seiten kunstvoll drapiert. Im rechten Fuß steckte ein langes, breites Messer, das sich wie ein spitzer Keil in den dunklen Holzboden des Museums bohrte.

Bei allem Grauen war das Bild so grotesk, dass er einige Minuten in ungläubigem Staunen verharrte. Sein Verstand weigerte sich wahrzunehmen, was ihm so klar und deutlich vor Augen stand, suggerierte ihm: ‚Es ist nicht möglich!’

Ewald schüttelte sich und ihm wurde klar: Das hier ist Wirklichkeit! Sein Herz machte einen Sprung, drohte auszusetzen, begann dann so heftig zu klopfen, dass sein ganzer Körper erzitterte. Er vernahm ein leises, undeutliches Stöhnen. Dieser fremde, geisterhafte Laut musste aus seiner eigenen Kehle gekommen sein.

Langsam, wie von einem unnachgiebig an ihm zerrenden Marionettenfaden dirigiert, trat er näher, bückte sich schwerfällig, legte seine rechte Hand vorsichtig auf den kunstvoll drapierten linken Arm ... Er zuckte zusammen.

Seine Berührung, so behutsam sie auch gewesen sein mochte, hatte den Arm verrutschen lassen. Mühsam rang er nach Luft, taumelte zurück, schaute angewidert auf seine zittrige Hand.

„Nur nicht die Nerven verlieren. Ganz ruhig bleiben, Ewald“, flüsterte er vor sich hin, ging in die Knie, beugte sich vor und sah sich den Kopf genauer an. Der tote, leere Blick schien sich auf etwas Fernes, Ungeheuerliches zu richten.

Das war zu viel für Ewald. Langsam, wie hypnotisiert, wich er zurück, Schritt für Schritt, die Augen starr in den leeren Blick des blondmähnigen Frauenkopfs gerichtet. Irgendwie schaffte er es, aus dem Zimmer zu kommen. Vorsichtig, als könnte eine ungeschickte Bewegung das Schreckliche dort drinnen wecken, drückte er die Tür zu, drehte den Schlüssel im Schloss, zog ihn vorsichtig ab und ließ ihn in seine Jackentasche gleiten. Am ganzen Körper zitternd schleppte er sich ins Erdgeschoss, weiter zum Büro des Museums und hoffte, dass ihn seine Beine noch so weit tragen würden.

Wie durch ein Wunder war sein Kopf völlig klar und er wusste genau, was er sagen musste, als er den Telefonhörer abnahm. Allerdings hörten sich seine Worte seltsam schroff und fremd an, so als sei seine Zunge aufgequollen.

Erst als er das Telefonat beendet hatte, wurde ihm wirklich bewusst, dass es sich bei der ‚Performance' im Obergeschoss in Wirklichkeit um einen brutalen, grauenvollen Mord handelte. Keine Kunst, ein ekelhafter Mord!

Ihm wurde übel. Sein Magen krampfte sich zusammen. Mit Mühe und Not erreichte er die Toilette am Ende des Flurs. Während er sich übergeben musste, hörte er über sein nicht enden wollendes Würgen das laute, aufdringliche Geräusch der Polizeisirene näher kommen.

Er riss Toilettenpapier von der Rolle, wischte sich über den Mund, hielt die Hände unter den Kran und versuchte, sie zu waschen. Griff immer wieder zum Seifenspender. Er hatte eine Leiche berührt. Anschließend hielt er seinen Mund unter den Kran und trank einen Schluck Wasser, versuchte sich zusammenzureißen. Mühsam einen Schritt vor den anderen setzend, schlurfte er den Beamten entgegen.

Stockend berichtete er den beiden Polizisten von seinem schrecklichen Fund und führte sie in die erste Etage.

So etwas hatten auch die Herren von der kurz darauf eintreffenden Mordkommission noch nicht gesehen. Hätte man es in der Zwischenzeit nicht besser gewusst, hätte man die drapierten Leichenteile tatsächlich für ein modernes Kunstwerk halten können. Ein gestelltes Bild, das brüskieren, befremden und jeden das Gruseln lehren sollte: Der abgeschnittene Kopf mit den glasigen Augen, die starr an den Beamten vorbeisahen, so, als ob sie es nicht wert wären, zur Kenntnis genommen zu werden.

Eigenartig war, dass der Mörder den schlanken Frauenkörper absolut gekonnt zerlegt und mit Blut eingerahmt hatte. An der linken Hand des Opfers entdeckten die Beamten einen schmalen Diamantreif, wahrscheinlich einen Verlobungsring.

Einer der eleganten dunkelblauen Pumps lag neben dem Rumpf. Der andere war halb vom Fuß abgestreift und wurde mit dem großen Schlachtermesser, das durch den Fuß in den Boden gerammt war, festgehalten.

Die herbeigeholte Spurensicherung fand auf dem blutbeschmierten Schaft des Messers einige Fingerabdrücke und eine Namensgravur, was die Suche nach dem Besitzer, möglicherweise dem Täter, erheblich erleichterte.

Am nächsten Tag war in der Neuen Osnabrücker Zeitung unter der Überschrift „Mord im Museum. Zerstückelte junge Frau als Kunstobjekt aufgefunden!“ zu lesen: „Während eines Besuchs im Nussbaum-Museum wurde eine 25-jährige Sekretärin der Metzger-Innung, Susanne K., aus Eifersucht von ihrem Verlobten, Franz F., einem Schlachtermeister aus Osnabrück-Haste, auf grauenvolle Weise umgebracht.

Die junge Frau hatte des Öfteren mit einem Kollegen geflirtet, was von ihrem Verlobten eifersüchtig beobachtet worden war. Da sie seine stetigen Vorhaltungen und Eifersuchtsszenen nicht ernst nahm, verlor er die Kontrolle über sich und folgte seiner Verlobten heimlich bei deren Museumsbesuch, da er vermutete, dass sie sich dort zu einem Stelldichein mit dem Kollegen treffen wollte.

Als sich seine Verlobte an diesem Sonntag kurz nach Mittag allein im Obergeschoss befand, schlich er sich von hinten an, stach sie in blinder Wut nieder, zog sie hinter eine der Stellwände und verschloss die Tür von innen. Dann zerstückelte er die Frau und drapierte die einzelnen Teile als Arrangement auf den Boden. Anschließend mischte er sich unter die zahlreichen Besucher im Erdgeschoss und verließ so ungesehen das Gebäude. Etliche Besucher des Museums hatten am Sonntagnachmittag die zerstückelte Leiche als neues Ausstellungsstück betrachtet.

Der völlig verwirrte Mann wurde noch am Dienstag in seiner Wohnung an der Heinrich-Ebert-Straße in Osnabrück-Haste verhaftet und verbleibt bis zur Verhandlung vorläufig in der psychiatrischen Abteilung der Ameosklinik am Gertrudenberg."

Nur wenige Wochen später konnte man in der NOZ noch eine weitere Notiz lesen: „Nach langjähriger Tätigkeit geht der allseits beliebte Mitarbeiter des Nußbaum-Museums Ewald M. in den vorzeitigen Ruhestand. Viele Osnabrücker werden ihn bei ihren Museumsbesuchen als besonderen Kenner traditioneller und zeitgenössischer Kunst kennengelernt haben."

Überflüssig wie Zigaretten

Elfriede Meier-Brömstropp aus dem Osnabrücker Stadtteil Dodesheide lernte ich in den Sommerferien kennen, als sie zum Abendessen im großen Speisesaal des Hotels ‚la lux del sol' in Benidorm den Platz neben mir ansteuerte: eine dicke Wolke aus buntem Stoff und schwerem Parfüm. Wir waren beide Mitglieder einer Sommerreise eines Osnabrücker Urlaubveranstalters, der uns Norddeutsche für einen erschwinglichen Preis in den sonnigen Süden geführt hatte. Dass mir Elfriede vorher noch nicht in unserer gemeinsamen Heimatstadt aufgefallen war, wunderte mich, denn von Aussehen und Benehmen musste sie wirklich bei jedem Menschen Befremden und Missfallen erregen.

Elfriede saß noch nicht ganz auf ihrem Platz, als sie auch schon in befehlendem Ton nach dem Kellner rief: „Herr Ober, können oder wollen Sie mir die Getränkekarte nicht bringen?" Vertraulich beugte sie sich zu mir herüber und sagte: „Der Gast ist König. Nicht wahr, meine Liebe!"

Mir war ihr Auftreten unangenehm und im Stillen überlegte ich, ob ich den Oberkellner nicht doch um einen Platz im Speisesaal im Erdgeschoss bitten sollte. Aber nein, hier im sechsten Stock, gleich neben der hübschen Sonnenterrasse, hatte ich einen wunderschönen Blick in den mit Palmen bepflanzten, grünen Garten und weiter über die kleine Meeresbucht bis hin zu der vorgelagerten Insel. Und diese Aussicht wollte ich mir nicht entgehen lassen. Auch nicht durch Elfriede.

Nachdem die Dodesheider Dame ihren Rotwein serviert bekommen hatte, watschelte sie wie eine dicke Gans – wieso fiel mir mit einem Mal die Grüne Gans in der Altstadt Osnabrücks ein? – zum Buffet, nahm hier ein Häppchen, da ein Häppchen, hier eine Kleinigkeit und dort noch etwas. Dabei übersah sie, dass bereits jede Menge Salatsoße über ihren Tellerrand tropfte.

Ich ahnte Schreckliches. Aber nein! Beinahe professionell balancierte Elfriede ihren Teller zwischen den engen Tischreihen hindurch, setzte sich an ihren Platz und hatte im Nu alles aufgegessen.

Nun kam der Hauptgang an die Reihe: ein kleines, mir viel zu fettes Schweinekotelett, ein Stück Heilbutt mit einem großen Klecks Kräutermayonnaise und eine riesige Portion Bratkartoffeln. Oben drauf, als krönender Abschluss, Brokkoli mit Mandeln in gelber Buttersoße.

„Schmeckt recht ordentlich!“, meinte Elfriede während des Kauens und warf mir mit fettstrotzendem Mund einen strahlenden Blick zu. Ich war schon vom Zuschauen satt, holte mir nur noch ein wenig frische Ananas als Dessert.

„Sie müssen tüchtig essen, mein Kind. Schließlich haben wir alles bezahlt.“ Gönnerhaft tätschelte sie meinen Arm – ich überlegte mir, wann ich den nächsten Duschgang einschieben sollte – und tupfte sich mit der Serviette die triefende Butter von ihren viel zu rot bemalten, aufgespritzten Lippen.

‚Was sie jetzt wohl zum Nachtisch essen wird?', dachte ich angeekelt.

Ihre Wahl übertraf meine kühnsten Vorstellungen: drei Kugeln Schokoladeneis mit Schlagsahne, einen Teller voll Obst – „Wegen der Vitamine" – und zum Abschluss verschiedene kleine Käsestückchen. „Käse schließt den Magen", bemerkte sie lachend.

Gute 200 Pfund brachte Elfriede Meier-Brömstropp sicherlich auf die Waage. Kein Wunder bei den Mengen, die sie verspeiste. Dabei hatte sie nicht einmal richtig Appetit, wie sie zwischendurch betonte. „Die lange Anreise mit dem Bus macht mir arg zu schaffen."

Am nächsten Morgen beobachtete ich, wie Elfriede im Speisesaal mit der linken Hand einen der abgepackten süßen Kuchen vom Büfett nahm und in die Hosentasche ihrer großblumigen, viel zu engen Shorts quetschte. In der anderen Hand hielt sie einen Teller, auf dem vier Scheiben Weißbrot, Speck und drei Spiegeleier lagen. Mein Lieblingskellner Carlos, immer charmant und zuvorkommend, wurde für jeden der anderen Gäste unüberhörbar von ihr dazu verdammt, umgehend eine große Kanne echten Bohnenkaffee zu bringen, da man ja bekanntlich viel trinken müsse. Der arme Mann tat mir aufrichtig leid.

Als Elfriede sich endlich setzte, konnte ich mir einen Kommentar nicht länger verkneifen und bemerkte: „Das kann man auch höflicher sagen!"

„Papperlapapp! Der soll ruhig merken, wo's bei mir langgeht."

‚Zehn Tage mit dieser ordinären Frau am Tisch und ich bin reif für den nächsten Urlaub', dachte ich gereizt.

Einige Tage später lag ich auf einer der bequemen Liegen am weitläufigen Pool, döste und räkelte mich zufrieden in der warmen Sonne. Von Elfriede war Gott sei Dank weit und breit nichts zu sehen.

Doch mit einem Mal zerplatzte meine Urlaubsidylle. Lautstark schimpfend trippelte Elfriede mit blauer Sonnenbrille im blonden, hochtoupierten Haar und einer knallroten Häkelbadetasche in der Hand um den großen Pool.

„Unverschämtheit! Nie bekomme ich einen Platz am Schwimmbecken! Kein Mensch ist zu sehen, aber alle Liegen sind dauernd mit Handtüchern belegt!"

„Sie hätte halt ein wenig eher kommen müssen, statt sich stundenlang für ihren großen Auftritt zu stylen", meinte die junge Sonnenanbeterin neben mir und kicherte vergnügt.

Elfriede hatte gute Ohren, kam zurück, ließ ihre Tasche fallen, baute sich vor der jungen Frau auf, stemmte die Hände in die schwabbeligen Hüften, holte tief Luft und ließ eine Schimpfkanonade auf die Ärmste herabregnen, wie ich sie noch nie in meinem Leben gehört hatte. Dann warf sie wutschnaubend ihre Tasche auf die nächstbeste Liege, riss das sich dort befindliche Handtuch herunter und schleuderte es im hohen Bogen auf die Erde.

Das war jetzt selbst mir zu viel, die ich doch eigentlich ein zurückhaltendes, eher schüchternes Osnabrücker ‚Weibchen' bin. Elfriede zerstörte jede aufkommende Urlaubsstimmung, passte einfach nicht hierher, war so überflüssig wie ihre vielen Zigaretten, mit deren Qualm sie uns ständig belästigte und die Umwelt verpestete.

Im letzten Urlaub hatte ich eine ähnliche Elefantenkuh als Tischnachbarin, aber diese hier war die Krönung. Wütend flüsterte ich meiner Nachbarin zu: „Man sollte sie entsorgen! Ich weiß nur nicht wie ..."

Gemeinsam überlegten wir und machten uns gegenseitig gut gemeinte Vorschläge.

„In den Pool werfen?"

„Bringt nichts! Fett schwimmt oben!"

„Die Hoteltreppe herunterstoßen?"

„Nein, ist viel zu auffällig!"

Wir diskutierten noch eine Weile hin und her und reagierten uns mit unseren Fantasien über eine Elfriede-Entsorgung ab, lachten schließlich über ihren albernen Auftritt, stellten uns vor, dass der Pool sich völlig leeren würde, sollte sie auf die Idee kommen, ins Wasser zu springen.

In der Nacht hatte ich schlimmste Albträume. Elfriede saß auf der Bettkante, beugte sich über mich und strich mir mit ihren dicken, feuchten Wurstfingern durchs Gesicht. Grauenhaft! Schweißgebadet wurde ich wach und dachte: ‚Irgendetwas muss geschehen.'

Als die blassrot aufgehende Sonne den neuen Tag ankündigte, hatte ich endlich eine Idee ...

Nach dem Frühstück wandte ich mich freundlich an Elfriede und sagte zu ihr: „Meine Liebe, ich muss Ihnen unbedingt etwas zeigen. Kommen Sie mit!“ Lächelnd nahm ich ihre Hand und führte sie bis an das Ende der Sonnenterrasse. „Schauen Sie mal nach unten, Elfriede. Eine freie Liege mit dicker, weicher Auflage und schöner Aussicht in den Garten, nur ein paar Meter vom Pool entfernt. Die habe ich extra für Sie reservieren lassen!“

Dankbar strahlte mich der Fleischberg an, beugte sich neugierig über das Geländer vor und schaute nach unten, kam aber sofort kopfschüttelnd wieder hoch und drehte sich enttäuscht zu mir um. „Ich sehe keine Liege. Wo soll sie denn stehen?“

„Aber Elfriede! Direkt unter uns. Sie müssen sich nur ein wenig mehr über das Geländer beugen.“

Elfriede stellte sich auf die Zehenspitzen und streckte den Kopf weit über die Brüstung. Plötzlich rutschte sie aus ihren goldenen Plastikschläppchen – Elfriede trug zu ihren rot angemalten Fußnägeln immer goldene Plastikschläppchen – verlor das Gleichgewicht, stürzte schreiend nach unten und klatschte mit einem dumpfen Geräusch neben der Liege auf.

„Hätte ich sie vielleicht festhalten sollen? Wäre doch bei ihrem Gewicht gar nicht so schnell möglich gewesen!“, erklärte ich dem kurze Zeit später herbeieilenden Hoteldirektor, der die weiteren Formalitäten des Unfalls mit der örtlichen Polizei regelte.

Nachmittags am Pool sprach mich die junge Sonnenanbeterin von gestern an. Ein wenig verwundert und erschüttert meinte sie: „Das Schicksal war uns gnädig. Unsere finsteren Pläne sind real geworden, ohne dass wir tätig werden mussten!“

Auf der Titelseite der spanischen Zeitung ‚El Pais’ stand am nächsten Tag: „Benidorm – Hotel la lux del sol. Una turista alemán murio en un accidente!”

Und die NOZ vermeldete zwei Tage später: „Osnabrücker Touristin tödlich verunglückt. Hatte das Hotelgeländer nicht die vorgeschriebene Höhe?“

Honig, ein Lebenselixier

„Mit Rama fängt das Frühstück an!"

Aber bei mir nicht!

Heute Morgen gab es frische, knusprige Brötchen aus der Bäckerei Wellmann, dick mit guter Butter bestrichen, und dazu den süßen, goldenen Wildblütenhonig, den ich gestern extra beim Edeka an der Westerbergstraße erstanden hatte.

In meiner bauchigen blauen Thermoskanne, die mitten auf dem kleinen Küchentisch stand, befand sich zudem die ‚Krönung' von Jacobs-Kaffee. Laut Fernsehwerbung „Einfach wunderbar!". Also alles war so, wie ein herrliches Frühstück sein sollte.

Wie so oft, aß ich viel zu viel und leckte mir dann die vom Honig klebrigen Fingerspitzen ab. Dies war allerdings auch das Letzte, an das ich mich später noch erinnern konnte. Ich bemerkte gerade noch, wie ich langsam von meinem Küchenstuhl herunterrutschte und in ein wolkiges Nichts eintauchte.

„Hallo ... Sie ... Wachen Sie auf!" Irgendjemand klopfte mir auf die Wange.

„Nein! Ich will nicht ... Ich möchte schlafen." ‚Warum sollte ich wach werden?', fragte ich mich träge. Meine Augenlider waren viel zu schwer.

„Frau Meyer-Cappelmann! Hallo ... Machen Sie die Augen auf!"

Nur mit äußerster Anstrengung konnte ich dem Befehl gehorchen und die Augenlider heben. Alles um mich herum war gedämpft, wirkte wie in dicken Nebel gehüllt.

„Endlich! Die Patientin hat die Augen geöffnet."

‚Meint der mich? Wo bin ich denn?' Ich wollte mich aufrichten, aber es ging nicht. In meinem rechten Arm steckte eine kleine Kanüle, die mit einem dünnen Schlauch an einen Tropf angeschlossen war, der, von einem silbernen Metallarm gehalten, über meinem Bett hing. Ich ließ meinen Blick wandern und stellte fest: Alles war weiß, die Zimmerdecke, die Wände, die Tür.

‚Eigenartig, ich hab' meine Küche doch farbig gestrichen!'

Und dieser Mann, der sich jetzt über mich beugte, er hatte weiße Haare und trug einen weißen Kittel. Sanft strich er mir über die Wange und sagte: „Sie haben uns einen schönen Schreck eingejagt. Wir dachten schon, Sie lägen im Koma. Gott sei Dank sind Sie endlich aufgewacht. Nun wird alles gut werden."

„Was wird gut werden?", fragte ich zaghaft.

„Sie sind ins Mariehospital eingeliefert worden, Frau Meyer-Cappelmann. Soweit ich mitbekommen habe, hat Ihr Nachbar Sie ohnmächtig aufgefunden und den Krankenwagen gerufen, der Sie zur Notaufnahme gebracht hat. Und nun sind Sie hier. Der untersuchende Arzt hat eine Vergiftung festgestellt, wir mussten Ihnen den Magen auspumpen."

„Den Magen auspumpen?" Verständnislos sah ich den langen Weißkittel an.

„Nun schauen Sie nicht so! Sie haben Glück gehabt. In ein paar Tagen ist alles wieder in Ordnung. Laut Vorschrift haben wir den Vorfall der Polizei gemeldet. Wie ist es, Frau Meyer-Cappelmann? Fühlen Sie sich kräftig genug, um ein kurzes Gespräch zu führen? Draußen wartet nämlich ein Herr von der Kripo. Er möchte Ihnen ein paar Fragen stellen."

„Meinetwegen", murmelte ich und überlegte, was das alles zu bedeuten haben könnte. Wieso hatte ich eine schwere Vergiftung? Und wovon?

Inzwischen hatte der Arzt das Zimmer verlassen und ein mir unbekannter Mann trat herein. „Guten Tag! Meinert. Von der Osnabrücker Kripo. Wir haben eine Meldung vom Krankenhaus erhalten. Ist so üblich. Bitte, Frau Meyer-Cappelmann, erzählen Sie mir, wie es zu dem Unglück gekommen ist."

Ich setzte mich auf, legte mir das zweite Kopfkissen in den Rücken, sah ihn an und sagte: „Was geschehen ist, wollen Sie wissen? Das weiß ich ja selber nicht. Ich kann mich nur noch an mein Honigbrötchen erinnern und dass ich mir die Finger abgeleckt habe, weil es so gut schmeckte ... Wieso hat mich denn mein Nachbar, dieser komische Kauz von Imker, gefunden? Hat der mir eventuell etwas in den Kaffee geschüttet? Den hatte ich nämlich schon aufgebrüht, als ich das Haus für mein morgendliches Lauftraining verließ. Wissen Sie, die alte Küchentür hat sich verzogen, deshalb kann ich sie nicht von außen abschließen. Und diesem Mann, diesem Hobbyimker, dem traue ich alles Mögliche zu."

„Wieso das denn?“, fragte Herr Meinert erstaunt, zog den Besucherstuhl ans Bett und setzte sich.

„Na ja ... Erst neulich überraschte ich ihn in meinem großen, weitläufigen Garten. Angeblich suchte er sein Bienenvolk. Gestern Morgen kam er zu mir herüber und wollte mein halbes Grundstück kaufen, weil sich seine Lieblinge so oft bei mir aufhalten würden. Ich lehnte natürlich strikt ab. Meinen schönen Garten, den ich mit viel Aufwand selbst entworfen und angelegt habe, verkaufe ich an niemanden, schon gar nicht an so einen hergelaufenen Imker. Und jetzt passiert mir so etwas. Ist doch seltsam, nicht wahr? Sie sollten den Mann dringend überprüfen!”

„Das werden wir machen, Frau Meyer-Cappelmann. Für heute reicht es, sie brauchen Ruhe. Morgen komme ich noch einmal wieder. Vielleicht hat sich ja bis dahin schon etwas ergeben. Also, auf Wiedersehen und gute Besserung!” Leise zog Herr Meinert die weiße Krankenzimmertür hinter sich zu.

‚Ich und Feinde! Ist doch lächerlich! Oder ...? Ob es wirklich der nervige Imker war? Vielleicht wegen des Grundstücks?’ Den ganzen Nachmittag grübelte ich hin und her, kam aber zu keinem brauchbaren Ergebnis. Inzwischen war ich auch viel zu schlapp, um weiter darüber nachzudenken. Außerdem hatte ich starke Bauchschmerzen. Es fühlte sich an, als würde ich wie ein nasser Scheuerlappen ausgewrungen.

Mitten in der Nacht wurde ich wach, musste an das Gespräch mit dem netten Kripobeamten denken.

‚Mein Gott ...' Mir wurde ganz heiß und vor Schreck zog ich mir die dünne Bettdecke über den Kopf. Ich hatte doch einen Feind. Plötzlich wusste ich ganz genau, wer mich ermorden wollte. Bei diesem Gedanken überzog mich eine dicke Gänsehaut.

‚Schrecklich ...' Die Gedanken schwirrten in meinem Kopf herum und hinderten mich, wieder einzuschlafen. Ich wälzte mich von einer Körperseite auf die andere und lag bis zum frühen Morgen wach.

Als Schwester Hildegard ins Zimmer kam, stutzte sie, sah mich an und meinte: „Sie sehen heute ja noch blasser und mitgenommener aus als gestern, Frau Meyer-Callmann!"

„Kein Wunder, Schwester Hildegard. Ich habe die halbe Nacht wachgelegen. Bin noch ganz durcheinander. Ich glaube, ich weiß, wer mich vergiften wollte." Nervös strich ich mit den Fingern über die weiß gemusterte Bettdecke.

„Nun beruhigen Sie sich erst einmal, Frau Meyer-Callmann. Hier wird Ihnen nichts passieren. Bei uns sind Sie gut und sicher aufgehoben." Lächelnd nahm sie meine Hand und fühlte den Puls.

Nach dem Frühstück schaute ich immer wieder ungeduldig auf meine Armbanduhr. Endlich klopfte es an der Zimmertür und Herr Meinert, der lang ersehnte Kripobeamte, kam herein. Er berichtete mir, dass die Überprüfung des Imkers nichts gebracht hätte. „Er ist ein ganz normaler Bürger, der nur für sein Hobby, seine fleißigen Bienen lebt. Gestern Morgen war wieder einmal sein halbes Bienenvolk weggeflogen und hatte sich in dem schön bepflanzten Blumenkasten auf Ihrer Küchenfensterbank niedergelassen. Der Duft der gelben Pantoffelblumen hatte sie wohl angelockt. Beim Einfangen seiner Bienen hat Herr Süßmann zufällig durchs Fenster geschaut und gesehen, dass Sie zwischen Esstisch und Stuhl auf der Erde lagen.

Er ist sofort hineingegangen, um zu helfen. Da Sie aber bewusstlos waren, hat er umgehend einen Krankenwagen gerufen. Eine neugierige Nachbarin, die seit Stunden ihre breite Garageneinfahrt vom Unkraut befreite, hat ihn zuerst in seinem eigenen Garten und dann bei Ihnen nach den Tieren suchen gesehen. Somit ist das Alibi von Herrn Süßmann einwandfrei zu belegen!

‚Notgedrungen werde ich mich bei dem Mann bedanken müssen. Wäre er nicht gewesen, hätte ich wahrscheinlich nicht überlebt', dachte ich irritiert und zog die Bettdecke höher.

„Ist Ihnen kalt? Soll ich das Fenster schließen?"

„Nein, ist so in Ordnung. Übrigens: Letzte Nacht ist mir eingefallen, wer es tatsächlich gewesen sein könnte."

„Meinen Sie, dass Ihnen wirklich jemand nach dem Leben trachtet?" Ungläubig sah mich Herr Meinert an.

„Ja sicher! Es war bestimmt mein Exmann. Ich erinnere mich nämlich wieder an seine Worte nach unserer Scheidung. Das war noch im Gerichtsgebäude am Neumarkt. Dieter war außer sich vor Wut, weil er für mich einen ganz erheblichen Unterhaltsbetrag zahlen muss. Aufgebracht brüllte er mich damals an: ‚Wir treffen uns wieder, dann bringe ich dich eigenhändig um, du geldgieriges Weibsstück!'"

„Man sagt vieles, tut es aber dann doch nicht. Vorsichtshalber werden wir aber jeder Spur nachgehen. Falls Ihnen noch etwas einfällt, Frau Meyer-Callmann, melden Sie sich bitte bei mir. Meine Karte lege ich Ihnen hier auf den Tisch. Ich muss jetzt gehen, wir haben noch eine eilige Sache, die ich persönlich bearbeiten muss."

‚Es war bestimmt Dieter. Ich sehe ihn genau vor mir. Eigentlich tut er mir leid. Das viele Geld ... Und alles für mich. Wo er doch während unserer Ehe immer so sparsam gewesen ist. Aber was mir zusteht, steht mir zu. Seinetwegen würde ich darauf nicht verzichten. Das

Gericht hat schließlich so entschieden. Ob er mich tatsächlich umbringen wollte? Vielleicht sollte ich um einen Polizisten vor meiner Tür bitten, es würde mir mehr Ruhe und Sicherheit geben.'

Zwei Tage später. Ich war schon wach, als Schwester Hildegard morgens ins Zimmer kam, um mich zu wecken. „Na, gut geschlafen? Wie ich sehe, geht es Ihnen heute erheblich besser. Ich werde jetzt diese dicken Vorhänge aufziehen, damit die Frühlingssonne hereinkommt und Sie die Tageszeitung lesen können, die ich Ihnen mitgebracht habe. Das Frühstück wird auch gleich serviert."

Ich setzte mich auf, stopfte mir das dicke Kopfkissen in den Rücken, legte die Zeitung vor mich hin, setzte meine Brille auf und las die dicke Schlagzeile: „Edeka-Erpresser gefasst! Wie erst jetzt bekannt wurde, wollte der durch die Firma gekündigte Elektriker Emil K. den Edeka-Konzern um einige Millionen erpressen. Da die Firmenleitung auf einen ersten Erpresserbrief nicht reagierte, spritzte der Mann in etliche Honiggläser der Firma Edeka Gift. Bis auf ein Glas der Marke ‚Wildblütenhonig' wurden alle Gläser inzwischen von der Polizei sichergestellt. Das eine Glas wurde, soviel konnte die Polizei inzwischen feststellen, in einem Osnabrücker Markt des Konzerns verkauft. Die Telefonnummer der Notfallgiftzentrale in Berlin lautet: 030/30023022.".

Das eine Glas ... Ausgerechnet ich, Martina Meyer-Callmann aus Osnabrück, hatte es gekauft!

DER VERKEHRTE SEIDENSCHAL

Ein heftiger Windstoß fuhr durch die weit offen stehende Terrassentür des Einfamilienhauses am Lotter Weg in Osnabrück, verfing sich in der weißen Spitzengardine, blähte sie auf und wehte sie gegen die wertvolle Rosenthal-Vase auf dem Wandregal. Diese begann zu kippeln, schwankte und fiel beim nächsten Windstoß endgültig herunter. Auf dem beige-braunen Fliesenboden zersplitterte sie in viele kleine Stücke.

Es klirrte so laut, dass Klara, die Nachbarin zur rechten Seite, erschrocken von ihrer Gartenarbeit aufsah. „Du meine Güte! Hat Thea einen Wutanfall bekommen und wirft ihr Geschirr an die Wand?“ Aber nein! Thea war immer die Ruhe selber. So etwas würde sie nie machen!

Neugierig ging Klara bis zur schmalen Gartenpforte und spähte zum Nachbarhaus. Dabei entdeckte sie, dass die Terrassentür zum Wohnzimmer weit aufstand. Kurz entschlossen lief sie hin, schob die Gardine zur Seite, betrat den Raum und blickte entgeistert auf die vielen Scherben. „Thea, Thea, wo bist du? Komm schnell her und schau dir die Bescherung an! Deine gute Vase ist zu Bruch gegangen.”

Vorsichtig umging Klara die Scherben, machte ein paar Schritte in Richtung Diele und rief noch einmal nach Thea.

Als niemand antwortete, wollte sie in die Küche gehen, um Handfeger und Fegeblech zu holen. In der halbdunklen Diele stolperte sie über etwas, konnte sich gerade noch am Türrahmen festhalten und dachte: ‚Was hat Thea bloß hier herumliegen?' Vor sich hin schimpfend knipste sie mit der anderen Hand den Lichtschalter an, drehte sich um und erkannte jetzt, worüber sie gestolpert war.

Entsetzt riss sie die Augen weit auf, wollte aufschreien, bekam aber keinen Ton heraus. Sie schwankte, hielt sie sich gerade noch an der Kommode neben der Küchentür fest. Der Anblick war zu grausig! Mit verdrehtem Körper lag Thea quer in der Diele. Ihr Gesicht war völlig verzerrt. Mit leeren, gebrochenen Augen starrte sie zur weiß gestrichenen Holzdecke. Der rechte Arm zeigte in Richtung Schirmständer. Als Klara sich ein wenig gefangen hatte und genauer hinschaute, sah sie, dass sich Theas Finger so fest in den Ständer verkrallt hatten, dass die Knöchel hervortraten.

Wie versteinert stand Klara da, konnte den Blick nicht von Ihrer Nachbarin abwenden. ‚Warum trägt sie nur diesen bunten Seidenschal? Er passt doch überhaupt nicht zu ihrer lindgrünen Streifenbluse.'

Schließlich ließ Klara die Kommode los, trat einen Schritt näher und beugte sich über Thea. ‚Mein Gott, der Schal ...! Es ist genau der gleiche, den ich neulich für mich in der Boutique am Markt, in der Nähe des Osnabrücker Rathauses, gekauft habe.'

An diesem hier war allerdings eine Franse abgerissen und ... er war zweimal fest um Theas schlanken Hals gezurrt.

Unwillkürlich griff Klara nach ihrem eigenen Hals, dabei rieselte es ihr kalt den Rücken herunter. Als sie sich wie in Zeitlupe erhob, begriff sie endlich, dass Thea ermordet worden war, und rannte, zitternd wie Espenlaub, hinaus, schreiend durchquerte sie den Garten, lief in ihre Wohnung und alarmierte sofort die Polizei.

Nachdem die Beamten der Spurensicherung alles genau untersucht hatten, gelangten sie zu dem vorläufigen Ergebnis, dass es sich hier wohl um einen Einbruch mit tödlichem Ausgang für die Besitzerin handelte. Wahrscheinlich war der Einbrecher von der Eigentümerin im Flur überrascht worden und hatte sie kurzer Hand mit ihrem eigenen Schal erdrosselt, der wohl auf der Garderobe gelegen hatte. Auf der Flucht durchs Wohnzimmer war er vermutlich gegen das Regal gestoßen, sodass die teure Vase heruntergefallen und zu Bruch gegangen war.

Kommissar Wahlberg, der ermittelnde Beamte der Osnabrücker Mordkommission, hatte allerdings gewisse Zweifel an einem Einbruch, denn die Haustür wies keinerlei Spuren von Gewalt auf, so wie es nach einem Einbruch hätte sein müssen. Es konnte natürlich auch sein, dass Thea Hölger ihren Mörder gekannt und ihm ahnungslos die Haustür geöffnet hatte.
Und wenn der Einbrecher durch den Garten gekommen wäre, wie hätte er wohl den hohen Zaun an der Straße überwinden können?

Da müsste es Spuren gegeben haben. Und woher sollte er wissen, dass hinten die Terrassentür aufgestanden hatte und er nur hätte hineinspazieren müssen? Außerdem hätte die Nachbarin bestimmt mitbekommen, wenn jemand über den Zaun geklettert wäre. Sie war ja die ganze Zeit im Garten beschäftigt gewesen.

Wahlberg machte sich auch Gedanken über den bunten Seidenschal, den der Mörder oder die Mörderin benutzt hatte. Wieso war dort der Name von Klara Weinberg, der Nachbarin, eingestickt? Seltsam ... Vor allem, da der gleiche bunte Seidenschal oben im Schlafzimmer auf dem breiten französischen Bett von Frau Hölger lag. Wahlberg ahnte, dass er den Zusammenhang noch nicht entdeckt hatte.

Klara konnte kaum die Zeit abwarten, bis ihr Peter am späten Abend von der Arbeit im Büro an der Meller Straße nach Hause kam. Vergebens hatte sie ihn über Tag telefonisch zu erreichen versucht. So überfiel sie ihn schon an der Haustür mit der Nachricht, dass Thea tot sei. „Stell dir vor, man hat sie ermordet! Einfach mit einem Schal erwürgt. Wer macht nur so was? Es muss ein Irrer gewesen sein. Ausgerechnet Thea, die keiner Fliege je etwas zu Leide getan hat."

Peter murmelte irgend etwas vor sich hin, hing seine helle Popelinjacke auf den Garderobenhaken, brachte die schwere Aktentasche ins Arbeitszimmer, setzte sich an den PC und las seine neuen Mails. Auf den Tod der Nachbarin reagierte er seltsam unbetroffen.

„Hörst du mir überhaupt zu, Peter? Du wirkst so abwesend? Hast du nicht gehört: Thea ist ermordet worden!" Klara war ihm nachgegangen und sah ihn abschätzend an.

„Ach lass mich doch in Ruhe! Um Thea tut es mir leid, aber ich hatte heute einen anstrengenden Tag, bin total erledigt und werde gleich ins Bett gehen."

‚Dann eben nicht', dachte Klara verwundert, setzte sich ins Wohnzimmer und sah sich die Nachrichten im Fernsehen an. Kurz darauf schaltete Peter den PC aus, ging die Treppe hinauf, zog sich im weiß gekachelten Bad aus und legte wie gewöhnlich seinen schweren Siegelring nebst Armbanduhr auf die Ablage unter den Kristallspiegel. Flüchtig putzte er sich die Zähne, trocknete den Mund ab, marschierte ins Schlafzimmer und streifte seinen blauweiß karierten Schlafanzug über. Dann legte er sich ins breite Doppelbett und zog die Steppdecke über den Kopf.

Als die Nachrichten zu Ende waren, folgte Klara ihrem Mann nach oben, zog sich aus, schlüpfte in ihr langes rosafarbenes Nachthemd, stellte sich im Bad vor den Spiegel und bürstete ihre rötliche Mähne. Dabei fiel ihr Blick auf die Uhr ihres Mannes. Im silbernen Metallarmband hing ein kleiner bunter Fussel. Wie in Trance legte sie die Bürste weg, nahm die Uhr in die Hand und schaute genauer hin.

Es war gar kein Fussel. Es war ein leicht gewelltes, buntes Stückchen Faden von einer Franse, die ihr irgendwie bekannt vorkam. ‚Wo habe ich die nur gesehen?'

Siedend heiß fiel es ihr ein. Sie fror plötzlich in ihrem langen Nachthemd, bekam eine Gänsehaut und starrte wie hypnotisiert auf die Uhr. Dann riss sie sich zusammen, schalt sich ‚alberne Kuh', ging hinüber ins Schlafzimmer und legte sich schweigend neben Peter ins Bett.

In der Nacht hatte Klara einen grässlichen Albtraum. Sie sah, wie sich Theas bunter Seidenschal um ihren Hals legte und sich langsam zuzog, ihr die Luft abschnürte. Sie röchelte, wälzte sich von einer Seite auf die andere und wachte mit Atemnot und extremem Herzklopfen auf.

Auch Peter schlief sehr unruhig, schnarchte entsetzlich und schnappte dauernd nach Luft. Ärgerlich drehte sich Klara von ihm weg, zog die Steppdecke über die Ohren und versuchte wieder einzuschlafen, aber es gelang ihr nicht. Dauernd musste sie an die Uhr im Bad denken. ‚War es möglich, dass Peter Thea umgebracht hatte? Musste sie als gute Ehefrau die Spuren beseitigen? Musste sie ihren Mann decken? Einen gemeinen Mörder ...?'

Eigentlich traute sie ihm einen solchen Mord nicht zu. Obschon ... Manchmal konnte er sehr jähzornig werden. Besonders wenn sie ihm vorhielt, dass er anderen Frauen nachstelle, womöglich eine Freundin hätte.

Vielleicht war alles nur Einbildung! Warum sollte er Thea so etwas antun? Er hatte sie doch gemocht, war immer begeistert von ihr, wenn sie zusammen ihre Geburtstage gefeiert hatten.

Klara überlegte hin und her. Schimpfte sich selbst, weil sie ihrem Mann so etwas überhaupt zutraute. Doch wenn sie die Augen schloss, sah sie Theas bleiches, verzerrtes Gesicht vor sich. Und dann dieser Albtraum, der ihr Angst eingejagt hatte! War das vielleicht ein Hinweis? Eine Warnung? Sollte sie ihren Mann anzeigen? Verraten?

Am nächsten Morgen stand Klara leise auf, zog sich an, schlich sich ins Bad, nahm mit spitzen Fingern Peters Armbanduhr, ging runter in die Küche, umwickelte das Corpus Delicti vorsichtig mit Zellophanpapier und steckte es in ihre Handtasche. Sie hatte beschlossen, ihr weiteres Leben nicht in ständiger Ungewissheit zu verbringen.

Auf dem Küchentisch hinterließ sie einen schnell vom Notizblock abgerissenen Zettel mit der Nachricht: „Bin Brötchen holen!" Doch statt frischer Brötchen standen eine halbe Stunde später zwei Beamte von der Mordkommission vor Peter, der sich gerade in der Küche eine Tasse Kaffee aufgebrüht hatte. Die Männer nahmen ihn wegen dringenden Tatverdachts, dass er Thea Hölger ermordet habe, mit auf die Wache.

Nach vier Stunden intensiven Verhörs brach Peter zusammen und gab die Tat zu. Seit einem Jahr hatte er ein Verhältnis mit Thea, was ihm allmählich lästig wurde, da sie ihn immer wieder zur Scheidung drängte. Als sie ihm vorgestern damit drohte, Klara alles zu erzählen, fühlte er sich in die Enge getrieben. Und als er am anderen Morgen den ordentlich zusammengelegten Seidenschal auf der häuslichen Garderobe entdeckt hatte, sah er rot.

Er nahm an, Thea wäre tatsächlich noch abends zu Klara gegangen, um ihr alles brühwarm zu berichten. Ihren Schal hätte sie absichtlich dort liegen lassen, damit er merken solle, dass sie da gewesen sei.

Aufgebracht hatte er den Schal in die Aktentasche gesteckt, mit zur Arbeit genommen und war in der Mittagspause zu Thea gefahren. Wütend, den Schal zu einem Strick drehend, hatte er geklingelt, um sie zur Rede zu stellen. Als sie alles abstritt, weiter auf die Scheidung drängte, war er auf die schreckliche Idee verfallen, den Schal als Mordwaffe einzusetzen.

Sein Verhängnis aber war, dass beide Frauen unabhängig voneinander den gleichen bunten Seidenschal in der Boutique am Markt in Osnabrück gekauft hatten.

Als Oberstudienrat Doktor Conrad Bamberg am Aschermittwoch noch sehr karnevalisiert und ziemlich betrunken die neu erbaute Sparkasse seines Heimatortes Bissendorf betrat, dachte er, es wäre ein Karnevalsscherz, als ihm drohend ein schwarz maskierter Mann gegenüberstand. Dieser packte ihn ziemlich ruppig am Kragen seines eleganten Wintermantels und zischte: „Auf den Boden! Flachlegen! Und keinen Mucks!“

Bamberg sträubte sich, bekam einen Hieb in den Magen, sackte wie ein nasser Mehlsack zu Boden und blieb wie betäubt auf den kalten Fliesen liegen. Erst nach und nach wurde ihm bewusst, dass dies wohl kein Karnevalsscherz war.

Vorsichtig hob er den Kopf und schielte zum Geldschalter, der sich am anderen Ende der großen Halle befand.

Dort schob gerade ein zweiter schwarz maskierter Mann eilig bündelweise Banknoten und etliche Geldrollen in einen blauen Müllbeutel.

„Kopf runter! Aber sofort!"

Als Bamberg nicht sofort reagierte, stellte ihm dieser brutale Mensch, der ihn auf die Erde gezwungen hatte, doch tatsächlich seinen Fuß in den Nacken. Schlagartig war Bamberg nüchtern, wagte nicht mehr, sich zu rühren, und lag da wie tot.

Dann ging alles sehr schnell. Bamberg hörte, wie die Bankräuber nach draußen rannten, erkannte am Motorgeräusch, dass ein großer, schwerer Wagen gestartet wurde und mit quietschenden Reifen davonbrauste.

Bamberg wollte aufspringen, aber es ging nicht, in seinem Kopf drehte sich alles. Gleichzeitig rebellierte sein Magen und der ganze Inhalt der letzten Nacht kam im hohen Bogen heraus. Wie peinlich ...!

Sichtlich beschämt rappelte er sich hoch, sah direkt in die blauen Augen des immer noch vor Angst schlotternden jungen Kassierers, der ihm aufhelfen wollte, und murmelte: „Tut mir echt leid. Ich bitte tausendmal um Entschuldigung!"

Im selben Moment wurde die schwere Eingangstür der Sparkasse aufgerissen und mehrere bewaffnete Polizisten stürmten herein. Um ein Haar wäre der erste Beamte in dem Erbrochenem ausgerutscht.

„Was ist das denn für eine Sauerei!", schrie er aufgebracht, und weil sich der säuerliche Geruch in seine Nase fraß, zeigte er auf Bamberg und den Kassierer und befahl: „Sie beide, Sie kommen sofort mit!"

Im Laufschritt marschierte er zum Fenster, riss es weit auf und atmete tief durch. Dann holte er aus seiner dunkelblauen Uniformjacke ein schwarzes Notizbuch und einen Kugelschreiber hervor und wandte sich an die beiden. „Zuerst nehme ich Ihre Personalien auf, danach berichten Sie mir ausführlich den genauen Ablauf des Überfalls. Wie viele Männer waren es? Wie sah ihre Kleidung aus? Und worin transportierten sie das Geld?"

Leider konnte Oberstudienrat Doktor Conrad Bamberg nicht viel zur Aufklärung beitragen. Er wusste nur, dass sich das Geld in einem blauen Müllbeutel befand. Dass beide Männer eine dichte schwarze Strumpfmaske über den Kopf gezogen hatten und dass der eine von ihnen, der ihn zum Hinlegen gezwungen hatte, braune abgeschabte Springerstiefel trug. Deutlich fühlte er noch den Druck der dicken geriffelten Sohle im Nacken und schüttelte sich.

Nachdem der Beamte alles sorgfältig notiert hatte, reichte er Bamberg seine Karte und sagte: „Wenn Ihnen noch etwas dazu einfallen sollte, melden Sie sich umgehend bei mir."

„In Ordnung. Kann ich jetzt gehen?" Schuldbewusst ließ er seinen Blick durch die Halle schweifen, ließ die Karte in der Brusttasche seines eleganten, inzwischen aber etwas verdreckten Wintermantels verschwinden und verdrückte sich eilig nach draußen, ohne auf Antwort zu warten.

Weil ihm schon wieder übel wurde, suchte er nach einem Taschentuch, hielt es sich vorsichtshalber vor den Mund und brummelte stöhnend: „Nie wieder werde ich am Aschermittwoch eine Sparkasse betreten."

Als er die Haustür seines Bungalows aufschloss, kam ihm seine achtzehnjährige Tochter entgegen und verkündete: „Jens hat im Lotto gewonnen. Jetzt kannst du nicht mehr sagen, dass er nichts taugt und mich nur des Geldes wegen heiraten will. Aber vorher machen wir Urlaub in Venezuela." Stolz wedelte sie bei ihren Sätzen mit den Flugtickets.

Beim Aufhängen seines Mantels an der Garderobe fiel Conrad Bambergs Blick auf die daneben abgestellten derben braunen Springerstiefel. Seine Nackenhaare sträubten sich und mit belegter Stimme fragte er seine verliebte Tochter: „Gehören die vielleicht dem Jens?"

„Mein Koffer ist nicht mitgekommen, Freddylein!" Aufgebracht sah sich Sieglinde in der riesigen Ankunftshalle des Flugplatzes auf Gran Canaria um.

„Nun warte erst mal ab. Er liegt bestimmt als Letzter auf dem Förderband", meinte Alfred zuversichtlich.

Aber der erwartete Koffer aus Osnabrück, aufgegeben in Münster, kam nicht. Ratlos sah sich das Ehepaar Bergdorf an und überlegte gemeinsam, was zu machen sei.

„Ich frage am Infostand nach, und du kannst schon mal vorgehen zum Fundbüro und den Verlust melden." Zustimmend nickte Sieglinde und machte sich auf den Weg.

Die junge Angestellte im Fundbüro war sehr nett und mitfühlend, verstand Sieglindes Kummer. Sie notierte sich alle Angaben und tröstete sie damit, dass sie sich ein paar neue Sachen kaufen dürfe, wenn der Koffer nicht aufzufinden sei. Die Quittungen müsse sie gut aufbewahren und später bei ihrem Reiseveranstalter mit der Verlustmeldung des Fundbüros einreichen.

Sieglinde nahm die Bescheinigung entgegen, steckte sie ins Seitenfach ihrer schwarzen Handtasche und verließ den Raum.

Alfred hatte nichts über den Koffer in Erfahrung bringen können und hoffte, dass sie mit dem Leihwagen mehr Glück hätten.

Das angemietete Auto stand tatsächlich abfahrbereit in der Parkbucht vor dem Flughafengebäude. Nachdem Alfred die dazugehörigen Papiere und den Schlüssel am Schalter des Vermieters abgeholt hatte, verfrachtete er seine große Reisetasche in den Kofferraum. Dann stieg er mit seiner Frau ein. Auf der kurvenreichen Küstenstraße fuhren sie zur nächsten größeren Stadt, zum Hotel Neptun, das sie für zwei Wochen gebucht hatten.

„Ach sieh nur, Freddylein, dieser Ausblick. Einfach fantastisch! Rechts von uns die rauen, zerklüfteten Berge, links die steil abfallende Felsküste und tief unten das türkisblaue Meer. Fahr mal langsamer, Freddylein! Ich glaube, da drüben kommt eine kleine Parkbucht. Dort können wir anhalten, ich möchte nämlich aussteigen und die schöne Aussicht aufs Meer genießen."

„Wenn es unbedingt sein muss, meinetwegen. Du gibst sonst ja doch keine Ruhe." Vorsichtig fuhr Alfred den Wagen in die enge, kiesbefestigte Aussichtsbucht neben der Straße, stieg mit seiner Frau aus, ging bis zur Absperrung vor und sah hinunter aufs Meer. Die anrollenden, gischtenden Wellen überspülten die spitzen Klippen am Strand mit einer weißen Schaumflut, so als ob sie alles wie in einem Waschgang reinigen wollten.

„Um Gottes willen! Lehn dich nicht so weit hinüber, Freddylein. Ist doch viel zu gefährlich!" Sieglindes Stimme ließ Angst um ihren Mann erkennen.

Langsam drehte der sich um und sah seine Frau aus den Augenwinkeln an. Wie eine Salzsäule stand sie hinter ihm und schaute ihm mit weit aufgerissenen Augen entgegen. In diesem Moment wirkte sie so komisch, dass er sich zusammennehmen musste, um nicht laut loszulachen.

Vorsichtig kam sie Schritt für Schritt näher, stellte sich neben ihn, hielt sich am Geländer fest, das nur aus einem dicken braunen Holzbalken bestand, und schaute nach unten, schaute in die Tiefe.

„Dieser Blick ist wirklich umwerfend, nicht wahr, Freddylein? Ich muss dieses tolle Panorama unbedingt für mein Fotoalbum aufnehmen. Bitte, Freddylein, sei so lieb und hol mir die große Kamera aus dem Auto. Sie liegt auf dem Rücksitz, unter deiner weißen Strickjacke."

„Für dich tue ich doch alles, mein Schatz", sagte er und dachte, wenn sie doch endlich mit diesem blöden Freddylein aufhören würde. Es ging ihm dermaßen auf die Nerven, dass er glaubte, davon wahnsinnig zu werden. Seine Mutter hatte ihn bis zu ihrem Tod auch so gerufen, hatte nicht locker gelassen, obschon er als Kind oft weinend aus der Schule gekommen war, weil ihn die anderen Kinder damit gehänselt hatten: ‚Freddylein, Freddylein, du musst schnell nach Hause gehen. Deine Mami wartet schon auf den süßen Kleinen.' Oder sie schrien lauthals hinter ihm her: ‚Freddylein hier, Freddylein da, Freddylein ab nach Amerika!'

Neuerdings sprach Sieglinde ihn auch immer mit ‚Freddylein' an, dabei hatte er es ihr ausdrücklich verboten. Lange hielt er das nicht mehr aus. Es nervte ihn kolossal, da er jedes Mal seine allzu liebevolle Mutter vor sich sah und ihre feuchten Küsse auf seiner Wange spürte. Warum konnte Sieglinde nicht einfach Fred oder Alfred zu ihm sagen, wie es seine Arbeitskollegen oder seine Freunde taten?

Er ging einen Schritt auf das parkende Auto zu, stoppte, überlegte einen Augenblick, drehte sich wieder zu Sieglinde herum, sodass er direkt hinter ihr stand, und dachte: ‚Jetzt oder nie! Es hat sich ausgefreddyt.'

Er holte tief Luft und mit einem kräftigen Stoß stieß er Sieglinde über das braune Absperrgeländer nach unten. Gellend schrie sie auf, wedelte mit den Armen und versuchte, sich an den Sträuchern, die aus dem Felsen wuchsen, festzuhalten. Dann, nach Sekunden ... ein durchdringender Schrei. Stille ...!

Alfred war wie benommen, umklammerte krampfhaft das Geländer und sträubte sich, hinunterzuschauen. Doch sein inneres Ich befahl ihm: „Du musst nachsehen, ob sie wirklich tot ist."

Widerwillig beugte er sich hinüber und warf einen Blick nach unten. Rücklings lag Sieglinde auf den grauweißen Klippen und rührte sich nicht mehr. Ihr gelbgeblümtes Sommerkleid war über ihre dicken Schenkel gerutscht, sodass er den Ansatz ihres weißen Schlüpfers sehen konnte. Der rechte Arm war anscheinend gebrochen, hing verdreht im Wasser und passte sich den schwappenden Bewegungen der anrollenden Wellen an.

Als Alfred genauer hinsah, entdeckte er das spitze graue Felsstück, das aus ihrer Brust ragte. Blut sickerte heraus und färbte langsam das türkisblaue Wasser in ein schmutziges Rot.

Sein Magen machte sich bemerkbar. Eilig wandte er sich ab und schluckte ein paar Mal. Um sich zu beruhigen, suchte er in der Innentasche seines grauen Blousons nach der Zigarettenschachtel. Schließlich fand er sie, nahm mit zittrigen Fingern eine Zigarette heraus und zündete sie an. Schrie aber im selben Moment auf, weil er sich den Daumen verbrannt hatte, da die Flamme am Feuerzeug wieder einmal zu hoch eingestellt war. ‚Was soll's ... Es ist das letzte Mal, dass Sieglinde mich damit ärgern kann!'

Verstohlen blickte Alfred in die Runde. Kein Mensch weit und breit, der ihn hätte sehen oder beobachten können. Aufatmend dachte er: ‚Diesmal wird es ein schöner Urlaub, keine blöden Sprüche und Feuerzeugaktionen von Sieglinde. Ich bin frei! Ich muss sie nicht mehr ertragen.'

Das Schicksal hatte ihm geholfen, seine Frau endlich loszuwerden. Zuerst war höchstwahrscheinlich Sieglindes Koffer beim Abflug in Münster/Osnabrück am Schalter stehen geblieben, und jetzt hatte er diese Gelegenheit bekommen, die er sich nicht hatte entgehen lassen können.

Sein Herz klopfte immer noch laut, als er mit zitternden Händen das Auto startete, zögernd aus der engen Parkbucht und weiter zum Urlaubshotel fuhr. Wenn es dort keine Schwierigkeiten gab, war die Sache gelaufen. Keiner konnte ihm etwas beweisen.

„Guten Tag, kann ich etwas für Sie tun?“, erkundigte sich die junge Hotelangestellte hinter der Rezeption, als Alfred mit seiner dicken Reisetasche in der Hand vor ihr stand.

„Mein Name ist Alfred Bergdorf. Ich hatte ein Doppelzimmer mit Meerblick bestellt. Leider ist meine Frau kurzfristig erkrankt und konnte die Reise nicht antreten.“

„Das tut mir leid. Hoffentlich ist es nichts Schlimmes?“

„Nein, nein! Nur eine starke Erkältung. Wahrscheinlich Sommergrippe mit Schnupfen, Husten, Halsschmerzen und so weiter ...“

„Möchten Sie das Doppelzimmer trotzdem haben, Herr Bergdorf?“

„Selbstverständlich behalte ich das Zimmer. Sie können meine Reisetasche gleich hinaufbringen lassen.“

Die junge Dame gab ihm den Schlüssel für Zimmer 304. Er durchquerte die mit Blumen geschmückte Hotelhalle und fuhr mit dem gläsernen Fahrstuhl in die dritte Etage.

Das Zimmer war geräumig, hell, mit schönen Buchenmöbeln ausgestattet und hatte einen großen Balkon mit freier Sicht aufs Meer. Der Boy, der die dicke, schwere Reisetasche ablieferte, bekam ein großzügiges Trinkgeld. Dann nahm Alfred seine Hemden und Hosen aus der Tasche und hängte sie in den Schrank. Socken, Unterwäsche und Badehosen verteilte er auf die Schubladen, und die Waschutensilien kamen ins neu gekachelte Bad.

Anschließend legte er sich auf das breite Bett, zündete sich eine Zigarette an, zog genussvoll den Rauch ein und blies kleine weiße Kringel an die Zimmerdecke.

Als er auf das Kopfkissen neben sich schaute, meinte er plötzlich, Sieglindes hohe, piepsige Stimme zu vernehmen: „Man raucht nicht im Bett, Freddylein!“ Gut, dass sie ihn nie mehr bevormunden konnte. Damit war ein für alle mal Schluss.

Alfred überlegte, ob es besser gewesen wäre, Sieglinde zu Hause mit Schlaftabletten umzubringen. Aber nein, hier war es besser. Hier an der Steilküste würde sie so schnell keiner finden. Die heiße Sonne und das salzige Meerwasser würden sich ihrer annehmen. Und ausgeblichene, verwaschene Knochen, wer sollte die schon identifizieren können?

Das Neptun war ein Hotel nach seinem Geschmack: klein und gemütlich, die Bedienung stets zuvorkommend und die Büfetts ließen keinen Wunsch offen. Von den anwesenden alleinstehenden Damen ließ Alfred sich bedauern, da ihn seine Frau, bedingt durch ihre Krankheit, nicht begleiten konnte und er sich ziemlich einsam fühlte. Wenn sein Gewissen abends zu sehr an ihm nagte, schüttete er es mit reichlich Alkohol zu. So auch gestern Abend.

Alfred, oder Fred, wie er jetzt nur noch genannt wurde, hatte sich beim Barmixer eine Flasche Whisky, ‚Ballantine’s Finest’, bestellt. Seine neue Bekanntschaft, eine Dame in seinem Alter, machte es auch immer so.

„Wissen Sie, Fred, es ist viel günstiger. Die Flasche wird mit Ihrem Namen versehen, kommt später wieder ins Regal und Sie können jeden Tag ein oder zwei Gläschen davon trinken."

Als Dank für den guten Rat wollte Fred der netten Dame ein Glas von seinem Whisky spendieren, was sie aber dankend ablehnte. Sie trank lieber ihren ‚Jim Beam'. Der hatte eine hellere Farbe und war fruchtiger im Geschmack.

„Ist eher ein Damen-Whisky", meinte sie lachend und prostete Fred zu. „Auf einen schönen Abend. Ich heiße übrigens Elvira."

Bei angeregter Unterhaltung vergingen die Stunden wie im Flug und noch am selben Abend war Freds Whiskyflasche leer, brauchte nicht mehr zurück ins Regal gestellt werden.

Schwerfällig erhob er sich schließlich und teilte Elvira mit, dass er jetzt schlafen gehe. Seine neue Bekanntschaft wollte ihn unbedingt aufs Zimmer begleiten, nur mit viel Überredungskunst konnte er sie loswerden.

Fred war froh, als er endlich im Zimmer ankam. In seinem Kopf drehte sich alles, was kein Wunder war bei dem vielen Whisky, und da er nicht mehr in der Lage war sich auszuziehen, ließ er sich bekleidet aufs Bett fallen.

„Puh, ist das hier heiß!", stöhnte er schon nach kurzer Zeit und rappelte sich mühsam wieder hoch, zog die Schuhe aus, torkelte barfuß zum Balkon, zog die dünne, weiße Tüllgardine zur Seite, riss sie fast ab und öffnete umständlich die Tür. Dabei stieß er mit dem nackten Fuß gegen den dicken Keramikübertopf der hohen Zimmerpalme, schwankte und wäre um ein Haar mitten in sie hineingefallen.

„Blödes Ding, warum musst du auch ausgerechnet hier stehen?“ Fluchend bückte er sich und rieb sich den großen Zeh.

„Das kommt davon, wenn man so viel trinkt, Freddylein!“

Entgeistert schaute Fred hoch, meinte, Sieglindes höhnisches Lachen zu hören, und schüttelte verwirrt den Kopf. Doch dann riss er sich zusammen. Schwerfällig schob er die große Palme Stück für Stück weiter zum Balkon, damit er die Tür ganz öffnen konnte.

Als es geschafft war, zog er umständlich seine Kleidung aus, humpelte zurück zum Bett, legte sich wieder hin, zog das Bettlaken über sich und versuchte einzuschlafen.

Aber das war nicht so einfach, denn das ganze Bett drehte sich und tönte wie ein dröhnender Brummkreisel. Das eintönige Summen lullte ihn ein, entwickelte sich nach und nach zu einer lautlosen, beschwingten Melodie – links herum, rechts herum, links herum, r e c h t s ... h e r u m ... Und dann hatte er plötzlich seine Frau im Arm, tanzte mit ihr Wiener Walzer. Sieglindes Gesicht war bleich und mit weit aufgerissenen Augen starrte sie ihn an. Ihre bläulichen Lippen bewegten sich, murmelten: „Freddylein, ich komme dich holen!“ Speichel, vermischt mit Blut, tropfte aus ihren blassroten Mundwinkeln, lief am Kinn herunter, weiter am Hals hinab und hinterließ auf der weißen Haut eine Art rötliche Schneckenspur.

Entsetzt ließ Fred seine Frau fallen und wachte schweißgebadet auf. Sein Herz flatterte, klopfte so stark, dass er meinte, das Laken über ihm würde sich heben und senken. Er wagte sich nicht zu bewegen und blinzelte schwer atmend zur Tür, zum Balkon, zum dunklen Nachthimmel.

Einsam stand der Mond am Firmament. Das kalte, diffuse Licht ließ gespenstische Schattenbilder durchs Zimmer schweben.

Sieglinde war noch da. Fred spürte es deutlich, lag wie erstarrt im Bett und wagte kaum zu atmen.

Als er hinter der Tüllgardine den großen, dunklen Schatten wahrnahm, der sich hin und her bewegte, erschien blankes Entsetzen in seinen Augen. Ein kalter Schauer lief über seinen Rücken und wie in Zeitlupentempo zog er das weiße Bettlaken hoch bis unter seine Nasenspitze. Sein Atem kam jetzt kurz, stoßweise, und kleine Schweißperlen sammelten sich auf der Stirn, während der Nachtwind sanft die Tüllgardine berührte, sie etwas aufblähte und langsam hin und her schweben ließ.

Wie hypnotisiert blickte Fred zum Balkon, sah, wie sich der gespenstische Schatten vor und zurück beugte, immer wieder, vor und zurück.

Plötzlich meinte Fred, er höre ihn flüstern: „Freddylein, F r e d d y y ...“ Er spürte, wie sich langsam die kleinen Härchen auf seinen Armen aufstellten. Es konnte doch nicht sein! Einen Sturz hoch oben von den Klippen überlebt man nicht. Oder doch ...?

Ein kalter Luftzug kam von der Tür. Fred schauderte und dachte: ‚Wenn sie nun doch nicht tot ist? Sich qualvoll bis hierher geschleppt hat? Wenn sie auf dem Balkon steht und sich womöglich an mir rächen will?'

„Hast du Angst, Freddylein ...?"

Wieder vernahm er diese leise, wispernde Stimme. Dann war es still. Er hörte nur noch das leise Ticken des modernen Radioweckers, der auf dem Nachtschrank neben dem Bett stand und gleichmäßig die Sekunden zählte. Das Geräusch beruhigte ihn, beruhigte sein schlechtes Gewissen und allmählich entspannte er sich.

Fred dachte nach, überlegte hin und her. Irgendwie musste er es schaffen, leise aus dem Bett zu steigen, an der Wand entlang zu schleichen und Sieglinde vom Balkon zu stoßen.

Vorsichtig streckte er ein Bein unter dem Laken hervor, rutschte langsam nach, bis er auf dem Boden lag, robbte auf allen vieren zur Wand und tastete sich daran nach oben.

Von der Balkontür her kam ein leises schabendes Geräusch, so als kratze jemand mit den Fingernägeln über die Glasscheibe. Sein Herz verkrampfte sich. Wie gelähmt stand er da und dachte: ‚Du musst es schnell zu Ende bringen.'

Angespannt schob er seine Füße Schritt für Schritt näher zur Tür. Plötzlich spürte er, wie ihn der Schatten durch die Gardine berührte. Panik überfiel ihn.

Der Mond hatte sich gerade hinter einer dicken Wolke versteckt, sodass es vollkommen dunkel im Zimmer war. Der Augenblick war günstig, Fred musste den Spuk beenden.

Er holte tief Luft, wirbelte blitzschnell herum und stieß mit beiden Händen durch die Gardine, durch die offen stehende Tür auf den Schatten. Der Schwung, mit dem er ausgeholt hatte, riss ihn mit solcher Gewalt nach vorne, dass er das Gleichgewicht verlor und samt abgerissener Gardine über die niedrige Balkonbrüstung in die Tiefe stürzte, die Arme vorgestreckt wie ein kraftvoller Kunstspringer bei einem Sprung von einem Fünfmeterbrett.

Als Fred begriff, in Sekundenschnelle völlig nüchtern war, ruderte er wie besessen durch die Luft, meinte wieder, Sieglindes hämisches Lachen zu hören, und schlug auch schon der Länge nach auf dem hellen Waschbetonpflaster auf.

Als wollte der Mond Fred zum letzten Mal betrachten, schob er die dunklen Wolkenfetzen beiseite und übergoss die Absturzstelle mit seinem fahlen, kalten Licht.

Im selben Moment wurde im Erdgeschoss eine Tür aufgerissen. Im weißen Baumwollnachthemd kam Freds neue Bekanntschaft, durch den Aufprall aus einem leichten Schlaf geweckt, aus dem Zimmer gerannt, rieb sich verschlafen die Augen, um nachzusehen, was oder wer das eigenartige Geräusch verursacht hatte.
Als sie den lang ausgestreckten, blutenden Mann zwei Meter vor ihrer Terrasse liegen sah, rannte sie zurück ins Zimmer, griff zum Telefon und alarmierte den

Nachtportier, der wenige Minuten später mit zwei Sicherheitsbeamten erschien.

Diese konnten nur noch den Tod des Mannes feststellen und sperrten die Unfallstelle ab. Danach befragten sie die immer noch unter Schock stehende Frau, ob sie wüsste, wer der Mann sei.

Stockend berichtete Elvira, dass es sich um einen Hotelgast, um einen gewissen Fred handeln würde. Seinen Nachnamen wüsste sie aber nicht.

Kurz darauf erschien die spanische Polizei, konnte aber keinerlei Gewalt- oder Fremdeinwirkung feststellen. Entweder war es ein Unfall oder es war Selbstmord!

Bei der Besichtigung des Zimmers 304 konnten sich der Hotelmanager und die Polizeibeamten nicht erklären, warum Fred Bergdorf mitten in der Nacht die schwere Zimmerpalme, an der die meisten Zweige abgeknickt waren, vor die offen stehende Tür auf den Balkon geschoben hatte. Warum die weiße Tüllgardine abgerissen und um seine Arme gewickelt war, blieb ebenso ein Rätsel.

Einige Tage danach fanden zwei Strandwanderer eine schrecklich zugerichtete, aufgedunsene Frauenleiche. Weiter oben am Steilhang war an einem halb vertrockneten Strauch eine schwarze Handtasche hängengeblieben. Durch die Verlustmeldung eines Koffers, die sich darin befand, konnte die Tote identifiziert werden. Es handelte sich um eine gewisse Sieglinde Bergdorf, die angeblich erkrankt war und daher nicht nach Spanien, nach Gran Canaria, eingereist war.

Ihr Ehemann, Alfred Bergdorf, hatte dieses so der blonden Angestellten an der Rezeption des Hotels Neptun mitgeteilt.

Die trauernden Verwandten des verunglückten Ehepaars bestanden darauf, dass beide Personen nach Deutschland, nach Osnabrück, überführt und zusammen in einem Doppelgrab auf dem Haster Friedhof feierlich bestattet wurden.

So hatte Sieglinde ihr über alles geliebtes Freddylein wieder neben sich liegen!

„Hier ist der Neckermann-Versanddienst! Sind Sie Frau Walburga Plömberger, Heckenstraße 12 in Osnabrück?", fragt mich der Mann am Telefon.

„Ja, aber ich habe nichts bestellt", antworte ich ihm recht barsch.

„Nun mal langsam, liebe Frau Plömberger. Ich möchte Ihnen nur mitteilen, dass Sie bei unserem Preisausschreiben gewonnen haben."

„Ich habe gewonnen?" Aufgeregt trete ich von einem Fuß auf den anderen.

„Ja, Ihre Postkarte wurde gezogen, und nun können Sie sich aus unserem Katalog ein paar Kleidungsstücke aussuchen."

„Tatsächlich, ist ja toll!" Ich kann es kaum fassen, denn bisher habe ich noch nie etwas gewonnen.

„Liebe Frau Plömberger, aber zuerst einmal herzlichen Glückwunsch. Und nun zu Ihrem Gewinn: Sie können wählen zwischen einem Sommer- oder einem Wintermantel, die Sie auf Seite 70 in unserem Katalog finden. Was hätten Sie denn gerne?"

„Muss ich darauf sofort antworten?" Angespannt drehe ich mit den Fingern an der grauen Kordel meines T-Shirts.

„Aber sicher! Wir wollen Ihnen den Gewinn doch umgehend zuschicken."

„Na ja! Der Sommer ist fast zu Ende, also nehme ich lieber den Wintermantel." Da ich den Katalog in- und auswendig kenne, weiß ich, wie er aussieht, und bin damit zufrieden.

„Und welche Größe brauchen Sie?"

„Größe 40 müsste reichen. Kann ich ihn zur Not umtauschen? Man weiß ja nie, wie die Sachen ausfallen!"

„Aber selbstverständlich! So, und nun zur Wäsche: Möchten Sie normale- oder Reizwäsche?"

„Was heißt das nun wieder?"

„Oh, wir arbeiten seit einiger Zeit mit Beate Uhse zusammen, und da können Sie sich auch Wäsche aus ihrer Kollektion aussuchen."

„Ich habe freie Auswahl?"

„Natürlich."

„Gut, dann möchte ich einen weißen Spitzen-BH, das passende Höschen und einen knallroten Body mit viel Spitze."

„Und was noch? Es dürfen insgesamt fünf Teile sein."

„Ich weiß nicht, was gibt es denn noch?"

„Strapse, Tanga-Slips, Lack- und Ledersachen, sogar Stiefel in der passenden Farbe."

„Sie machen Scherze?"

„Nein, es ist alles in Ordnung."

„Gut, dann nehme ich noch schwarze Strapse und einen Tanga-Slip dazu."

„Fein, das hätten wir. Und nun zum letzten Teil des Gewinns. Möchten Sie eine Rückenmassage, eine Ganzkörpermassage oder eine Erotikmassage?"

O Gott, ich merke, wie mir das Blut ins Gesicht schießt. Ich bin sprachlos!

„Sind Sie noch da, Frau Plömberger?“

„Ja!“, antworte ich mit leiser Stimme. Dann reiße ich mich zusammen und burschikos, meine Nervosität dahinter versteckend, sage ich: „Das ist alles ein Scherz. Sie wollen mich auf den Arm nehmen.“

„Aber Frau Plömberger. In der heutigen Zeit! So etwas ist doch ganz normal!“ Seine Stimme klingt vorwurfsvoll.

„Ist schon in Ordnung! Ich nehme die Ganzkörpermassage.“

‚Wenn schon, denn schon’, denke ich mutig. Aber so richtig glauben kann ich die ganze Sache nicht.

„Wann sind Sie denn zu Hause, Frau Plömberger?“

Ich werde ganz kribbelig, überlege hin und her. „Am besten wäre Freitagmorgen, da sind meine beiden Söhne im Kindergarten.“

„Prima, Frau Plömberger. Am Freitag bekommen Sie dann um zehn Uhr Besuch von uns. Also bis dann. Tschüss und nochmals herzlichen Glückwunsch!“

Du meine Güte! Es ist tatsächlich kein Traum. Ich, Walli Plömberger, habe endlich einmal etwas gewonnen. „Juchhu“, juble ich, halte mir aber gleich erschrocken die Hand vor den Mund, lausche in Richtung Kinderzimmer. Ich bin ganz aufgedreht und muss alles sofort meiner Nachbarin erzählen. Schnell greife ich nach der Zigarettenschachtel und laufe zu ihr hinüber.

„Was kommst du denn so angehechtet? Is’ was passiert?“ Erschrocken sieht mich Marianne an.

„Du wirst es nicht glauben, aber ich habe endlich einmal was gewonnen."

„Nun hüpf nicht so herum, komm rein! Setz dich! Ich koch uns 'nen Kaffee und dann kannst du mir alles genau erzählen."

Zur Beruhigung zünde ich mir eine Zigarette an. Nach kurzer Zeit kommt Marianne mit zwei großen Kaffeepötten zurück, räumt mit dem Ellbogen die Zeitschriften auf dem Tisch zur Seite und stellt den Kaffee daneben. „So, nun erzähl mal. Muss ja was Dolles sein! Hast du womöglich im Lotto gewonnen?"

„Nein! Aber stell dir vor, gerade hat jemand von Neckermann angerufen und gesagt, dass ich im Preisausschreiben gewonnen habe."

„Ich wusste gar nicht, dass da im Moment so was läuft."

„Doch, doch! Tante Christel ist bei Neckermann Sammel-Bestellerin, und die hat bestimmt meine Adresse mit angegeben."

„Und was kriegst du nun?"

„Einen Wintermantel, Wäsche von Beate Uhse und eine Massage."

„Na hör mal, die beiden ersten Sachen kann ich ja noch verstehen. Aber 'ne Massage?" Marianne bekommt den Mund nicht mehr zu.

„In der heutigen Zeit ist so was ganz normal, hat der Mann gesagt."

„Ich weiß nich'. Hab noch nie davon gehört. Is' bestimmt 'ne Falle. Wer weiß, was der mit dir anstellt."

„Du bist ja nur neidisch!"

Wahrscheinlich haben wir beide gerade das Gleiche gedacht, denn wie auf Kommando prusten wir gleichzeitig los.

„Vielleicht ist es ja ein Callboy!“, meint Marianne immer noch lachend und verschüttet dabei fast den Kaffee. Und noch immer glucksend sagte sie: „Du hättest dir lieber ’nen Hausmann nehmen sollen. So einen, der nur mit ’ner Schürze bekleidet deine Wohnung von oben bis unten putzt, damit sie endlich mal richtig sauber wird.“

„Ach, hör auf. Ich habe mich nun mal für die Ganzkörpermassage entschieden.“

„Wenn alles seine Richtigkeit hat, isses ja ok, aber ich trau der Sache nich. Klingt irgendwie komisch. Ruf lieber deine Tante Christel an und frag, was sie davon hält. Außerdem kann sie bei Neckermann nachfragen, ob das mit dem Preisausschreiben wirklich stimmt.“

„Du hast ja recht, besser ist besser! Wer weiß, was das für ein Masseur ist! Jetzt muss ich aber wieder rüber, sonst stehen meine Jungen noch im Schlafanzug auf der Straße und suchen mich. Du kennst ja die Lausebengel, denen ist es egal, wie sie rumlaufen. Also tschüss. Ich sag dir Bescheid, wenn ich was Neues weiß.“

Marianne hat mir einen Floh ins Ohr gesetzt. Kurz entschlossen rufe ich am späten Nachmittag bei Tante Christel an.

„Doch, doch, das mit dem Preisausschreiben stimmt, aber der Gewinn? Ich weiß nicht, Kind. Den Mantel kann ich ja noch akzeptieren, aber das andere? Ich werde mich einmal vorsichtshalber bei Neckermann erkundigen."

„Danke, Tante Christel. Und im Voraus schon mal einen dicken Kuss von mir."

Nach einer Viertelstunde ruft sie zurück. „Hör mal, Walburga, du bist einem Betrüger auf den Leim gegangen. Die Preise sind noch gar nicht ausgelost."

„Du meine Güte! Was mache ich denn, wenn am Freitagmorgen tatsächlich jemand vor der Tür steht?"

„Ganz einfach, du brauchst ihn ja nicht hineinlassen."

„Das stimmt nun auch wieder. Nochmals vielen Dank für deine Bemühungen. Ein Glück, dass ich dich habe, liebe Tante."

„Ja, ja," lacht sie. „Als Ausgleich kannst du mal wieder ein paar Hosen für deine Jungens bei mir bestellen."

Typisch Tante Christel, sie denkt immer nur ans Geschäft!

Abends erzähle ich meinem Mann die ganze Sache. Der grinst und feixt, doch dann wird er ernst und meint: „Du solltest es der Polizei melden."

„Bist du verrückt, die lachen mich doch aus. Ich höre schon, wie einer sagt: ‚Willst du mithören, Kollege? Irgend so 'ne Verrückte ist am Telefon.' Nein, nein, das mache ich nicht."

„Brauchst du auch nicht. Ich habe gesehen, dass Alois eben nach Hause gekommen ist. Der ist doch bei der Polizei. Marianne sagt immer, dass er ganz wild auf Alleingänge ist. Geh mal rüber und klär das mit ihm."

Alois ist natürlich gleich Feuer und Flamme, denn so einen Fall kann er sich unmöglich entgehen lassen. Damit nichts schiefgehen kann, besprechen wir alles ganz genau.

Ich, Walli Plömberger, als Lockvogel! Ein bisschen mulmig ist mir dabei schon. Grinsend meint Marianne beim Abschied: „Überleg dir's gut, vielleicht lernst du ja am Freitag den besten Liebhaber deines Lebens kennen."

„Nein danke, ich bleib lieber bei meinem Mann. Da weiß ich, was ich habe."

Am Freitagmorgen bekomme ich beim Frühstück keinen Bissen herunter. Nervös laufe ich in der Küche auf und ab. Hätte am liebsten alles abgesagt, aber das geht nun nicht mehr, denn es hat gerade geläutet. Alois steht vor der Tür, zwinkert mir zu und geht geradeaus ins Wohnzimmer.

„Ich habe meinen Kumpel samt Auto hinter eurer Garage abgestellt. Sobald ich ihn auf dem Handy anrufe, es einmal bei ihm klingelt, kommt er mir zu Hilfe. Also sei nicht so aufgeregt, es wird schon alles klappen."

„Du kannst gut reden, du brauchst dich ja nicht von ihm begrabschen lassen."

„Na komm, Walli. Wer A sagt, muss auch B sagen. Du willst doch selber, dass wir ihn schnappen."

„Ja, ja! Aber ein bisschen mulmig ist mir schon bei der Sache."

In dem Moment läutet es erneut. Vor Schreck fällt mir fast die Zigarette aus der Hand. Alois sieht mich an und flüstert: „Cool bleiben, du schaffst das schon", und verschwindet in der Küche.

Na dann ... Auf in den Kampf! Leicht verkrampft öffne ich die Tür.

„Guten Morgen, mein Name ist Meierring, Josef von Meierring. Ich bin Ihr Masseur." Er drückt mir einen Blumenstrauß in die Hand und sagt: „Der ist von Neckermann. Nochmals herzlichen Glückwunsch. Etwas Wäsche habe ich auch schon mitgebracht. Die anderen Sachen bekommen Sie durch den Sammelbesteller geliefert."

Ich bedanke mich für die Blumen, bitte ihn herein, lege das Päckchen auf den Wohnzimmertisch, bringe die Blumen in die Küche und stelle sie in eine Vase. Dann gehe ich zurück und öffne neugierig das Päckchen.

„Probieren Sie aus, ob die Wäsche passt." Aufmunternd sieht Josef von Meierring mich an.

„Jetzt sofort?"

„Aber natürlich. Sie müssen sich doch sowieso ausziehen. Wie soll ich denn sonst eine Ganzkörpermassage vornehmen?"

Scheinbar zustimmend nicke ich, habe einen Kloß im Hals. Beim Hinausgehen sehe ich, dass er aus seiner fleckigen Aktentasche ein Aroma-Ölfläschchen holt und es auf den Tisch stellt.

„Bis gleich!", ruft er hinter mir her. „Und ziehen Sie nur einen Slip an!"

Als ich zurückkomme, schaue ich erstaunt zum Sofa. „Sie haben ja eine Decke mitgebracht, Herr von Meiering!"

„Aber natürlich, meine Liebe. Ich weiß doch, wie schwer Ölflecken wieder herausgehen." Dabei lacht er großspurig.

‚An wie viele Frauen er sich wohl schon auf diese Weise herangemacht hat? Ein Glück, dass ich Alois habe.'

„So, legen Sie sich ganz entspannt auf den Bauch." Er beugt sich über mich und beginnt mit der Massage. Dann zieht er mit einer Entschuldigung, dass er die unteren Wirbel am Rücken auch massieren müsse, mein Höschen etwas tiefer. Wie unbeabsichtigt rutschen dabei seine Finger zwischen meine Pobacken. Ich reiße mich zusammen, sage nichts.

„Sie können sich jetzt umdrehen." Seine Stimme klingt erregt.

Ich wende mich um und sehe in sein Gesicht. Es ist gerötet und kleine Schweißperlen stehen auf der schmalen Oberlippe.

Mit zittrigen, verschwitzten Händen streicht er über meine Brüste, über meinen Bauch. Plötzlich rutscht seine Hand in meinen Slip.

„Du willst es ja auch, du geile Hausfrau", keucht er und reißt seine Trainingshose herunter. Ich bekomme gerade noch mit, dass er keinen Slip anhat, da liegt er schon auf mir.

„Aaalooiiis ...!“ Der reißt die Tür auf und stürmt herein, packt den Masseur am Kragen, reißt ihn von mir herunter, drückt ihn auf den Boden und setzt sich auf ihn. Alois hat ein Gewicht von 100 Kilo, da entkommt niemand.

„So, du Schwein, jetzt haben wir dich“, sagt er wütend und legt ihm die Handschellen an. Der Mann ist so verdutzt, dass er sich überhaupt nicht wehrt.

Ich setze mich auf, wickle die Decke fest um mich, während Alois seinen Kumpel anruft, der sofort erscheint.

„Na, wen haben wir denn hier? Los, aufstehen! Wo sind deine Papiere? Der Personalausweis, der Führerschein! Du bist doch bestimmt mit dem Auto hier.“

Der Masseur zuckt nur mit den Schultern. Alois untersucht die abgenutzte Aktentasche, entnimmt ihr den Führerschein und mit spitzen Fingern hebt er ihn in die Höhe.

„Mal sehen, wie der Kerl heißt. Josef Bockmann. Na so was!“ Alois kann sich das Grinsen nicht verkneifen. „Und wie hat er sich bei dir vorgestellt, Walli?“

„Meierring, Josef von Meierring.“

„So, dann woll'n wir mal, Josef von Meierring, oder Bockmann, wie Sie tatsächlich heißen. Ab mit Ihnen zur Wache. Hiermit sind Sie vorläufig festgenommen.“

Erleichtert atme ich auf und denke: ‚Das ist ja noch mal gut gegangen.' Aber ich fühle immer noch seine ekeligen, feuchten Finger auf mir, laufe ins Bad, stelle mich unter die Dusche, lasse das warme Wasser über meinen Körper laufen und beruhige mich allmählich.

Später erzählt mir Alois, dass Bockmann nur auf diese Art und Weise an Frauen herankommen konnte. Viele Male war es gut gegangen und inzwischen fühlte er sich sehr, sehr sicher mit dieser Masche.

Leider hat sich keine der missbrauchten Frauen je getraut, ihn anzuzeigen. Schade!

Und ich, Walli Plömberger, werde die bunten Träume der Preisausschreiben ab jetzt immer super genau überprüfen.

... UND SIE WAR MAUSETOT

„Wieso muss ich den Kuchen zu Oma bringen? Klaus kann doch hinfahren. Das macht er doch sonst auch!"

„Aber Susanne! Du kannst Oma besser füttern. Klaus hat sich beim letzten Mal so ungeschickt angestellt, dass sie fast gar nichts davon essen konnte. Oma muss wenigstens sonntags etwas anderes bekommen als immer nur den einfachen Fertigkuchen von Aldi."

„Meinetwegen, aber den ganzen Nachmittag halte ich mich da bestimmt nicht auf."

„Brauchst du auch nicht, Kind. Hier, ich habe dir alles in den großen Weidenkorb gelegt. Aber denk dran, der Topfkuchen ist nur für Oma bestimmt, nicht für dich. Nun lauf! Du kannst die Linie 3 nehmen. Sie hält vorne an der Bergstraße, wo die hohen Nussbaumhecken stehen. Von da aus sind es nur noch ein paar Meter bis zum Alten- und Pflegeheim Waldfrieden."

„Okay! Bis nachher, Mama."

Der gelbgrüne Stadtbus der Osnabrücker Verkehrsbetriebe war überfüllt und Susanne war froh, als sie endlich aussteigen konnte. Die frische Luft tat ihr gut, aber das würde sich im Altenheim schlagartig ändern. Dort roch es immer so streng und eigenartig, wie Klaus ihr berichtet hatte.

„Hallo Oma, wie geht es dir heute?"

„Nicht besonders, Susi!"

„Das ist schade! Mama meint, wenn du richtigen Bohnenkaffee trinkst und ihren leckeren Kuchen isst, geht es dir bestimmt bald besser. Ich werde dich jetzt damit füttern.

„Wenn du meinst.“

Susanne stopfte Oma das dicke Kopfkissen in den Rücken und band ihr vorsichtshalber die große Stoffserviette um, damit sich später keine fettigen Krümel oder braunen Kaffeeflecken auf dem Bett oder auf ihrem Nachthemd befanden.

Vorsichtig brach Susanne kleine Stücke vom Kuchen ab und schob sie Oma in den Mund. Zwischendurch hielt sie ihr die Schnabeltasse hin und ließ sie einige Schlucke vom starken Kaffe trinken. Gehorsam aß Oma den Topfkuchen und trank den Bohnenkaffe, der ihr besonders gut schmeckte.

Plötzlich klopfte es. Die Zimmertür wurde geöffnet und Doktor Peter Wolf trat ein. „O, ich sehe, Sie haben Besuch, Frau Geizhaus. Ihre Enkeltochter, nicht wahr?“ Freundlich nickte er Susanne zu. Dann wandte er sich wieder an Oma und fragte: „Na, was essen wir denn heute Schönes?“

„Topfkuchen“, sagte Oma kauend.

„Hoffentlich spielt Ihr Magen mit. Sie wissen ja, das letzte Mal ging es Ihnen danach sehr schlecht.“

„Das ist mir ja vollkommen neu.“ Erstaunt sah Susanne den Mann im langen, weißen Kittel an.

„Kann eigentlich nicht sein. Ich habe umgehend bei Ihnen zu Hause angerufen. Ihre Mutter war selbst am

Apparat. Wir mussten Frau Geizhaus sogar einige Tage auf die Intensivstation legen."

Oma nickte zustimmend und meinte fröhlich: „Dort hat es mir viel besser gefallen als hier. Die ganze Zeit war eine Schwester im Zimmer, und die hat sich immer mit mir unterhalten."

„Dass Sie mir die Sache aber nicht wiederholen!" Lachend drohte Doktor Wolf Oma mit dem Finger. Dann wandte er sich an Susanne und sagte: „Kann ich Sie gleich einen Augenblick sprechen?"

„Ja sicher, ich komme mit raus auf den Flur."

Das Mädchen legte Kaffeekanne und Kuchenreste zurück in den Korb und rief: „Tschüss, Oma!" Dann drehte es sich um und gemeinsam mit Doktor Wolf verließ es das Zimmer.

„Wissen Sie Fräulein ...?"

„Susanne Krähenbrink", sagte Susanne und sah ihm direkt in die braunen Dackelaugen.

„Also, Fräulein Krähenbrink, ich wollte Sie fragen, was alles in dem Kuchen drin ist. Vielleicht ist Ihre Oma gegen irgendwelche Gewürze allergisch."

„Keine Ahnung, aber Mama hat den Topfkuchen extra für Oma gebacken. Ist ein altes Familienrezept!" Susanne blieb stehen und suchte im Korb nach ihrem Fahrausweis, fand ihn aber nicht. „Ich habe meine Buskarte auf Omas Bett liegen lassen. Einen Augenblick, Herr Doktor! Ich hole sie schnell."

Doktor Wolf hörte einen durchdringenden Schrei, riss die Tür auf und eilte an Omas Bett. Ihr Gesicht war blau angelaufen, die Augen riesengroß und der Mund stand sperrweit auf. Speichel tropfte heraus.

Eilig beugte sich Doktor Wolf über die alte Frau und prüfte die Atmung. Aber Oma gab keinen Mucks mehr von sich. Sie war mausetot.

Halb ohnmächtig sank Susanne in die Arme von Doktor Wolf, der sie tröstend festhielt und später persönlich mit seinem blauen Ford Kombi nach Hause fuhr.

Ein paar Tage später kam ein Beamter von der Kripo in die Käppchengasse und verhaftete Susannes Mutter. Es hatte sich herausgestellt, dass sie ihrer Tochter vergifteten Kuchen mitgegeben hatte.

Oma besaß nämlich ein riesiges Sparguthaben und vor Kurzem hatte die Mutter herausbekommen, dass Oma alles der netten Pflegerin auf der Intensivstation vererben wollte.

Das konnte sie nicht zulassen. Ihre Kinder, Klaus und Susanne, sollten es bekommen, damit sie studieren und einen vernünftigen Beruf ergreifen konnten.

Aber Susanne legte keinen Wert mehr darauf. Sie hatte sich unsterblich in Doktor Peter Wolf verliebt, der ihr gegenüber auch nicht abgeneigt war und der ihr in der nun schweren Zeit beistand.

‚De Kruse', genannt nach seinen kurzen, krausen Haaren, betrieb mit seiner Frau Anna in der Nähe des Ortes Gesmold eine Wassermühle zum Mahlen von Getreide. Die Geschäfte gingen gut. So konnte er sich trotz der vielen Arbeit nicht beklagen.

Als die älteste Tochter im heiratsfähigen Alter war, suchte der Vater nach einem geeigneten Bräutigam. Else war ein zartes Mädchen, verabscheute die stämmigen Bauernsöhne und hielt nichts von ihren derben Späßen. Sie träumte von einem schlanken Ritter, der sie hoch zu Ross auf eine Burg entführte.

An einem schönen warmen Augusttag saß Else am Ufer der Hase und schaute sehnsüchtig in den blauen Himmel, lauschte dabei dem Trillern der Lerche, die fast bewegungslos hoch über ihr in der Luft stand.

Plötzlich raschelte es auf der anderen Seite des Flusses.

Äste und Zweige knackten, und aus dem dunklen Dickicht preschte laut quiekend ein dickes Wildschwein hervor, kam direkt auf das Mädchen zu, so, als wäre der Fluss gar nicht vorhanden. Doch die Strömung war stärker, trieb das nach Luft schnappende, grunzende Schwein flussabwärts.

Der elegante Reiter, der das Tier verfolgt hatte, brachte sein Pferd mit einem Ruck zum Stehen und fluchte: „Miststück, das nächste Mal kriege ich dich!“ Grimmig schaute er seiner davonschwimmenden Beute hinterher.

Else lachte laut auf. Der glockenhelle Klang ihrer Stimme ließ den Reiter herumfahren. Suchend blickte er über den Fluss und sah am anderen Ufer, zwischen den herunterhängenden Zweigen der dicken, knorrigen Weide, ein junges Mädchen sitzen. Aufgebracht rief er: „Was lacht Ihr so blöd? Seht zu, dass Ihr weiterkommt!" Drohend ballte er die Faust.

„Ich bleibe. Das ist mein Lieblingsplatz!"

„Ihr wagt es, mir zu widersprechen? Wisst Ihr nicht, wer ich bin?" Ohne auf Antwort zu warten, durchquerte er an einer seichten Stelle den Fluss und ritt auf das Mädchen zu.

Beim Anblick der schönen Müllertochter verrauchte jedoch sein Zorn. Er schwang sich vom Pferd, setzte sich zu ihr ins Gras und fühlte sich von ihrem Liebreiz sofort verzaubert. Sein Herz entflammte in Liebe zu dem schönen Mädchen. Und so kam es, dass der stolze Junker seiner geliebten Else jeden Tag Blumen brachte und die beiden sich ewige Treue schworen.

Seitdem hatte sein Vater, der mächtige Graf von Holte, das Nachsehen, denn der Sohn verbrachte die Zeit lieber mit seiner Else, statt auf Jagd zu gehen und Wild für das Mittagsmahl zu erlegen.

Aufgebracht rief der alte Graf eines Abends seinen getreuen Knecht, den verwegenen Kurt, zu sich und sagte: „Der junge Herr trifft sich dauernd mit dieser Else, der Ältesten vom Müller Kruse. Jetzt will er diese

Person auch noch hierher auf die Burg bringen. Es wird Zeit, dass wir dem Ganzen ein Ende bereiten."

„Aber wie?"

„Sei still und hör zu: Wenn um Mitternacht dichter Nebel über den Wiesen liegt, schleichst du dich ins Tal und lockst das ahnungslose Mädchen unter einem Vorwand in unsere abgelegene Jagdhütte am Uhlenbruch. Dort kannst du sie verschwinden lassen. Wie du das anstellst, überlasse ich dir!"

Mitten in der Nacht klopfte es leise an Elses Schlafkammertür. Sofort war sie hellwach, stand auf und in der Annahme, es sei ihr Liebster, öffnete sie rasch die Tür. Erschrocken fuhr sie jedoch im selben Moment zurück, denn ein Fremder stand vor ihr. Er hielt sie am Arm fest und flüsterte rau: „Euer Junker ist vom Pferd gefallen. Liegt verletzt in der alten Jagdhütte. Schnell, schnell, beeilt Euch!"

Hastig warf sich Else ihr buntes Oberkleid über, schlang das dicke, braune Wolltuch um die Schultern und schlich auf Zehenspitzen nach draußen. Dort schlüpfte sie in die rauen Holzpantinen und rannte eilig hinter dem Knecht her. „Sagt, was ist geschehen?"

Doch statt einer Antwort, brummelte der nur vor sich hin.

Völlig außer Atem erreichten sie die Hütte. Eilig riss Else die schon etwas morsche Tür auf und stolperte hinein. Auf dem klobigen Tisch stand ein heruntergebranntes Talglicht, das den kleinen Raum nur unzureichend erhellte. Suchend blickte sich das Mädchen um, doch von ihrem Liebsten war nichts zu sehen.

Höhnisch lachte ihr Begleiter auf, griff nach ihr und zerrte sie nach draußen. Schlotternd vor Angst versuchte sich Else loszureißen, doch mit festem Griff schleppte Kurt das arme Mädchen hinter die Hütte und weiter durch das feuchte Gras zum Ufer der Hase.

„Herwarth, Herwarth!", gellte ihr Schrei durch den dichten, wabernden Nebel. Der kühle Nachtwind fing ihn auf und trug ihn hoch zur Holter Burg, wo sich unruhig der junge Graf auf seinem weichen Lager hin und her warf.

Wie ein Blitz durchfuhr ihn der schaurige Hilferuf: „Else!" Er sprang auf, rannte in den Burghof, warf sich auf sein schnellstes Pferd und stürmte talwärts.

Unterdessen warf Kurt die arme Else brutal zu Boden, griff blitzschnell in die Innentasche seines Umhangs, zog einen Dolch hervor und stieß ihn ihr mitten ins Herz.

Else stöhnte, röchelte, starrte ihren Mörder mit weit geöffneten Augen an. Kurt schüttelte sich. So ein junges Menschenkind zu töten, war ihm zuwider, aber Befehl war Befehl! Um die blutigen Spuren zu verwischen, hob er die Leiche hoch und warf sie samt Dolch in den Fluss.

Wild schäumend und grollend staute sich die Hase auf, umschloss die Tote und bettete sie sanft auf ihrem sandigen Grund.

Doch, o Wunder ... Die Flut teilte sich plötzlich und leise Klagelieder murmelnd floss ein Teil des Wassers, das sich ein neues Flussbett suchte, über die feuchten Wiesen nach Osten.

Dies war selbst für den hart gesottenen Kurt zu viel. Wie von Furien gejagt, suchte er verängstigt das Weite, überhörte sogar den wilden Galopp des herannahenden Reiters, der vergeblich nach seiner über alles geliebten Else suchte.

Wer sich ein bisschen gruseln will, besucht bei Vollmond um Mitternacht die Bifurkation, die Gabelung von Hase und Else, in der Nähe des Ortes Gesmold. Dort kann man den Geist des ehemaligen Junkers von Holte hören, der den Schmerz bis heute nicht überwunden hat und mit todtrauriger Stimme immer wieder „Else, Else!“ ruft.

Mañana, morgen bist du dran

Der Pilot flog eine große Linkskurve, kam über das türkisblaue Meer herein, setzte die Boing 737 sanft auf und ließ sie langsam auf der Landebahn ausrollen.

„Pünktlich wie immer“, sagte er lachend zu seinem Co-Piloten und brachte den großen Urlaubsjet vor dem riesigen Flugplatzgebäude in Puerto del Rosario zum Stehen. Dann nahm er das Mikro und verabschiedete sich von seinen Passagieren: „Herzlich willkommen auf Fuerteventura. ‚Bienvenido', wir wünschen Ihnen einen angenehmen Aufenthalt.“

„Hoffentlich sind unsere Koffer alle mitgekommen!“ Ungeduldig lief Werner Kastmann am schwarzen Gummiförderband auf und ab.

„Was rennst du so? Das Gepäck kommt dadurch auch nicht schneller. Bleib lieber stehen! Du machst mich ganz nervös!“ Ärgerlich fuhr Elisabeth ihren Mann an.

Irene, die gemeinsame Freundin der beiden, lächelte gequält und dachte: ‚Der Urlaub fängt ja gut an. Hoffentlich hält sich Elisabeth zurück und bevormundet Werner nicht andauernd.' Sie traute sich aber nicht, Elisabeth auf ihr Verhalten anzusprechen, denn diese hatte sie wie auch in den Jahren vorher eingeladen und ihren Urlaub komplett bezahlt.

Nach gut dreißig Minuten hatten alle drei ihre Koffer wiedergefunden und gut gelaunt marschierten sie zum Info-Schalter ihres Reiseunternehmens. Werner drängelte sich vor und fragte den älteren Angestellten nach der Busnummer für die Fahrt zu ihrem Urlaubshotel.

„Immer langsam, despacio, Señor! Ganz in Ruhe. Sie sind in Spanien. Zeigen Sie mir Ihre Reiseunterlagen, dann sehen wir weiter."

Umständlich kramte Werner in seiner dunkelbraunen Lederbauchtasche. Um einem Diebstahl vorzubeugen, hatte er die Papiere ganz unten hineingelegt. „Hier, bitte!" Er reichte dem Angestellten die Unterlagen, der sie mit seiner Namensliste verglich.

„Bus Nummer 26. Der letzte weiße dort hinten in der ersten Reihe." Er beugte sich vor und zeigte nach draußen auf den voll besetzten Parkplatz.

„Gracias, Señor." Werner ging vor und hielt den beiden Damen galant die Flughafentür auf. Die schweren Koffer hinter sich herziehend, eilten die drei Urlauber in Richtung Bus.

„Ich konnte mir in Osnabrück nicht vorstellen, dass es hier tatsächlich so warm ist," stöhnte Irene. Sie hielt an, zog ihre dicke Strickjacke aus und blickte sich begeistert um. „Die herrlichen roten Blumen in den vielen Beeten, sind das alles Geranien?"

„Sicher!", erklärte Werner eifrig. „Hier blühen sie das ganze Jahr. Vorausgesetzt, sie werden regelmäßig gegossen. Nun aber los! Beeilt euch, sonst fährt der Bus noch ohne uns ab."

Die schweren Reisekoffer wurden im Laderaum des Busses verstaut. Erwartungsvoll stiegen die drei ein, erwischten noch freie Plätze direkt hinter dem Fahrer und konnten so zusätzlich durch die große Frontscheibe nach draußen sehen.

Um Irene unterwegs alles zu erklären, setzte sich Werner zu ihr. Er kannte die Insel, war vor einigen Jahren schon einmal mit Elisabeth hier gewesen.

Die schmale, schwarz geteerte Landstraße schlängelte sich durch grün schimmernde, mit vielen grauen Moosflechten bewachsene Bergketten. Ab und zu sahen die Businsassen ein paar magere, schwarzweiße Ziegen, die sich mühselig zwischen dem Geröll ihr Futter suchten.

Irene war enttäuscht, so karg und trist hatte sie sich die Insel nicht vorgestellt. Wenn sie da an den Norden von Teneriffa dachte, an die vielen hohen Palmen und die üppig blühenden Blumen, dort hatte es ihr besser gefallen. „Hier gibt es ja überhaupt nichts Grünes, nicht mal Sträucher“, seufzte sie enttäuscht.

„Nun warte erst mal ab. Wenn wir unten an der Südküste sind und du den feinen, breiten Sandstrand und das tiefblaue Wasser siehst, wirst du deine Meinung ändern.“ Tröstend strich Werner über Irenes Hand.

Endlich hatte der Bus die letzte enge Kurve genommen und im strahlenden Sonnenschein lagen die hellen Sanddünen von Jandia vor ihnen. Das Wasser in der Bucht glitzerte, schimmerte von Hellblau über Türkis bis hin zu einem dunklen Blau, das sich am fernen Horizont mit dem Himmel vermischte. Geräuschvoll brachen sich weiße, gischtende Wellen am flachen

Strand und der Geruch von frischer Meeresluft drang durch die offen stehenden Fenster des Busses.

„Na, meine Liebe, habe ich dir eventuell zu viel versprochen?“ Strahlend sah Werner Irene an und meinte: „So etwas gibt es auf Teneriffa nicht. Dort hast du nur den schmalen dunklen Lavastrand oder im Norden der Insel, in Puerto de la Cruz, die von Cesar Manrique gebauten, total überfüllten Meerwasserschwimmbecken.

„Du hast recht!“ Zustimmend nickte Irene und meinte: „Das war doch dieser spanische Architekt, der auf Lanzarote gelebt hat und 1992 bei einem Autounfall ums Leben gekommen ist.“

Elisabeth, die hinter den beiden saß, beugte sich nach vorne und schlug vor: „Vielleicht können wir ja einen Tagesausflug zu seiner Wirkungsstätte machen. Sein Haus, eine große unterirdische Grotte, soll jetzt ein Museum sein.“

„Wir sind da. Alle aussteigen!“ Der Busfahrer öffnete die Türen, stellte ein Körbchen daneben in der Hoffnung, dass jemand Trinkgeld geben würde.

Das neue, elegante Hotel, das Elisabeth gebucht hatte, lag direkt am Strand. Nachdem jeder seinen Koffer ausgehändigt bekommen und an der Rezeption die Schlüssel in Empfang genommen hatte, fuhren die drei mit dem Fahrstuhl in die zweite Etage, wo sich ihre Zimmer befanden.

Die beiden nebeneinander liegenden Doppelzimmer waren geräumig und geschmackvoll eingerichtet. Vom

Balkon aus hatte man einen wunderschönen Blick auf die lang gezogene Bucht.

Werner war begeistert gewesen, als Irene sich entschlossen hatte mitzufliegen. Zu dritt würde der Urlaub nicht so langweilig werden. Elisabeth glaubte eher, dass Werner sie nur mithaben wollte, weil er ein wenig in sie vernarrt war. Ihr waren nämlich einige Blicke aufgefallen, mit denen er die Freundin angesehen hatte. Wenn Elisabeth ihn aber darauf ansprach, stritt er alles vehement ab. „Du spinnst doch, erzähl das bloß keinem, sonst wirst du noch ausgelacht."

Aber verdenken konnte sie es ihm nicht. Irene war acht Jahre jünger als sie und sah blendend aus, während sie selbst etwas klein und pummelig, eher der biedere Hausfrauentyp war. Aber Werner liebte sie, hatte sie bestimmt nicht wegen ihres großen Vermögens geheiratet.

Die erste Urlaubswoche verging wie im Flug. Strahlende Sonne, azurblauer Himmel, tiefblaues Wasser und den ganzen Tag am Strand liegen – was konnte man mehr verlangen.

Trotz Sonnenschirm hatte Elisabeth gestern einen Sonnenbrand auf den Schultern bekommen. Die Haut fühlte sich heiß an, schmerzte ein wenig. „Vor dem Abendessen gehe ich noch schnell gegenüber in den kleinen Supermarkt und besorge mir eine kühlende Creme."

Werner, der auf dem Balkon saß und in einem dicken Bildband über die geschichtsträchtige Insel blätterte, sah kurz auf: „Ja, mach nur, meine Liebe. Wir treffen uns dann vor dem Speisesaal."

‚Du meine Güte, hat der Laden eine riesige Auswahl.' Elisabeth wusste nicht so recht, welches Fabrikat sie nehmen sollte. Schließlich griff sie zu einer spanischen ‚after sun'-Flasche.

„Tausend Peseten, por favor!" Lächelnd packte die nette Verkäuferin die Flasche in eine kleine Papiertragetasche und legte sie vor Elisabeth auf den Tresen.

Die öffnete die schwarze Geldbörse, sah hinein, blickte fassungslos auf und sagte: „Da ist ja überhaupt nichts drin." In der Eile hatte sie das verkehrte Portemonnaie mitgenommen. Werner benutzte dieses nur zum Aufbewahren der Chipkarte fürs Zimmer.

„Kann ich die Flasche liegen lassen und mir Geld holen?", fragend sah Elisabeth die Verkäuferin an.

Die zuckte mit den Schultern und meinte: „Wir schließen gleich. Wenn Sie sich beeilen, Señora, lasse ich das Geschäft so lange auf. Aber rapido! Schnell, schnell!"

„Gracias, danke schön." Elisabeth drehte sich auf dem Absatz um und eilte zurück ins Hotel.

„So was kann auch nur mir passieren", murmelte sie ärgerlich, schloss die Zimmertür auf und eilte hinein. „Wo liegt meine Geldbörse? Ich habe aus Versehen deine mitgenommen." Sie stutzte. Werner war nicht da. Vielleicht saß er noch immer auf dem Balkon? Sie zog den dunklen Sonnenschutz zur Seite und schaute nach. Komisch! Der Balkon war leer. Wo konnte er nur sein?

Elisabeth trat nach draußen und blickte über die Brüstung zum Nachbarzimmer. Sie sah, dass die Balkontür weit aufstand und wollte Irene fragen, ob sie vielleicht wüsste, wo Werner sei, als sie deutlich seine dunkle, sonore Stimme vernahm. Neugierig reckte sie sich vor und lauschte.

Die beiden stritten sich. Elisabeth bekam mit, dass es um Geld ging, aber genau konnte sie es nicht verstehen. Vielleicht waren die Aktienkurse gefallen. Irene spekulierte ab und zu an der Börse.

Aber nein! Sie sprachen ja von ihr! Jetzt war ihr Interesse erst recht geweckt. Angestrengt horchte sie hinüber. Die Creme hatte sie total vergessen.

„Da mache ich nicht mit“, sagte Irene gerade ganz entschieden.

„Willst du denn Jahr für Jahr ihre großzügigen Urlaubsreisen und die teuren Geschenke annehmen, weiter darauf angewiesen sein, dass sie immer bezahlt, wo wir doch alles haben könnten?“, fragte Werner gereizt.

„Aber warum denn? Bisher hat es uns doch auch nicht gestört. Du weißt, wie sehr ich dich liebe! Ich wünsche mir nichts sehnlicher, als alle Tage und besonders die Nächte mit dir zu verbringen. Aber andererseits ist deine Frau meine beste Freundin. So etwas kann ich ihr nicht antun!“

„Das ist doch Quatsch. Ich habe zu dieser Schauspielerei keine Lust mehr. Will endlich klare Verhältnisse. Die ganze Geschichte geht mir langsam auf den Geist. Und eine bessere Gelegenheit als hier bekommen wir nie wieder!" Eindringlich redete Werner auf Irene ein.

Blicklos starrte Elisabeth auf den Nachbarbalkon. Alles verschwamm vor ihren Augen. ‚Jetzt bloß nicht ohnmächtig werden.' Ihre Hände verkrampften sich am Geländer.

Die beiden, ein Paar ... Deutlich hatte sie es gehört, musste schlucken. Dicke Tränen rannen ihr über die Wangen. Undeutlich bekam sie mit, wie Werner zu Irene sagte: „Morgen kümmere ich mich darum."

Um was wollte er sich kümmern? Um ihre Häuser, um ihr Vermögen? Wollte er morgen alles abheben? Dummerweise hatte sie ihm gleich nach der Hochzeit eine Vollmacht für alle ihre Konten gegeben.

Elisabeth kramte nach einem Taschentuch und wischte sich die Tränen ab, dabei fiel ihr Blick auf den Ehering. ‚Scheißkerl! Er hat ein Verhältnis mit Irene und ich dumme Pute habe es nicht gemerkt!' Sie atmete ein paar Mal tief durch, versuchte, sich zu beruhigen, aber ihre Hände hörten nicht auf zu zittern. Am liebsten wäre sie hinübergelaufen und hätte ihm den schweren Glasaschenbecher vom Balkontisch auf den Kopf gehauen und Irene, dieser verlogenen Kuh, das schöne Gesicht zerkratzt.

Immer noch fürchterlich erregt, beugte sie sich wieder übers Geländer, versuchte weiter zu lauschen, aber Irene und Werner sprachen jetzt leiser. So sehr Elisabeth sich auch bemühte, sie konnte nichts mehr verstehen. Vielleicht lagen die beiden ja eng umschlungen im Bett?

‚Das werdet ihr noch bereuen.' Kalte Wut stieg in ihr auf. Sie drehte sich um und ging zurück ins Zimmer.

‚O Gott, die Verkäuferin!' Die hatte sie ganz vergessen. ‚Ob der Laden noch auf hat?' Elisabeth schnappte sich ihr eigenes Portemonnaie und rannte hinaus. Sie hatte Glück, bekam noch die Lotion gegen Sonnenbrand und bedankte sich bei der geduldigen Verkäuferin.

„De nada, de nada, buenos noches, Señora!"

Elisabeth griff nach der Tragetasche, verließ den kleinen Laden und lief verbittert vor dem Hotel auf und ab. Wie sollte sie sich verhalten? Was sollte sie machen? Plötzlich wusste sie es.

Kurz entschlossen betrat sie die nächste Telefonzelle und rief am Flughafen an. Nach einigen Vorschlägen und Verhandlungen erstand sie ein Ticket für einen normalen Linienflug nach Deutschland: Abflug morgen Mittag, dreizehn Uhr, nach Münster/Osnabrück.

Erleichtert atmete sie auf.

In der Nacht träumte Elisabeth, dass sie mit dem Flieger abstürzte, wurde vom Schrecken des Aufpralls wach und konnte nicht mehr einschlafen. Die gleichmäßigen Atemzüge ihres Ehemannes im Nachbarbett machten sie fast verrückt. Sie griff in die Nachttischschublade, nahm ein Tempotaschentuch heraus, riss zwei Stückchen ab, steckte sie sich in die Ohren. Dann starrte sie zur weiß gestrichenen Zimmerdecke, starrte auf den runden

Verschluss der Sprinkler-Anlage, der wie eine winzige rote Warnleuchte alle fünf Sekunden aufblinkte.

'Wie lange das zwischen den beiden wohl schon geht? Verdammt, wie naiv bin ich gewesen. Oder habe ich es nicht merken wollen? Vielleicht habe ich es sogar unbewusst unterstützt?' Elisabeth überlegte hin und her, machte sich selbst Vorwürfe.

Endlich verbannte sie die quälenden Gedanken aus ihrem Kopf, erinnerte sich an den gebuchten Rückflug, hoffte, dass ihr Vorhaben gelingen würde, und schlief wieder ein.

Am anderen Morgen war alles wie immer. Beim Frühstück fragte Werner scheinheilig: „Na, meine Damen, was habt ihr denn heute vor?"

Elisabeth zögerte nicht lange, dachte an ihren Plan und ohne rot zu werden erklärte sie: „Wisst ihr, ich nehme mir ein Taxi und fahre nach Puerto del Rosario. Vielleicht finde ich in 'Annelises Boutique' ein neues Sommerkleid. Wenn Anne selbst im Laden bedient, gehe ich anschließend mit ihr in der gegenüberliegenden Tapas-Bar einen Kaffee 'Carajillo' trinken, diesen speziellen Kaffee mit Brandy, den ich so gerne mag. Ihr wisst ja, Anne freut sich immer über Besuch aus Deutschland. Bestimmt muss ich ihr wieder den neuesten Klatsch und Tratsch erzählen. Wann ich wiederkomme, weiß ich nicht. Könnte spät werden!"

„Ja, fahr nur, meine Liebe. Vielleicht tut dir ein bisschen Abwechslung gut. Du warst gestern Abend so eigenartig. Ist dir eine Laus über die Leber gelaufen?"

‚Laus ist gut', dachte Elisabeth. ‚Es war eher ein dicker Elefant, du gemeiner Kerl.' Sie musste sich zusammenreißen, um es ihm nicht in sein dämlich grinsendes Gesicht zu schreien.

Irene schien sichtlich erfreut über Elisabeths morgendlichen Entschluss. Sie hoffte, Werner ein paar Stunden für sich allein zu haben.

Elisabeth empfand es als scheinheilig, als die Freundin zu ihr sagte: „Es tut mir leid. Gerne würde ich dich begleiten, aber ich habe heute Vormittag einen Termin beim Friseur. Sieh nur, meine Locken sind ganz stumpf und spröde vom vielen Salzwasser. Sie benötigen dringend eine Pflegekur." Demonstrativ griff sie in ihre blondierten Haare.

„Dann bin ich ja Strohwitwer!" Vergnügt trank Werner seinen Orangensaft aus.

„Du kannst ja zu deinem heiß geliebten Tauchkurs gehen oder am Strand mit hübschen jungen Mädchen flirten", meinte Elisabeth sarkastisch.

Gut, dass sie nicht Irenes vernichtenden Blick sah, die ihre Hand liebevoll auf Werners Knie liegen hatte, weil sie dachte, die lange Tischdecke würde alles verbergen.

Aber Elisabeth hatte es gesehen. Ihre Hand zitterte leicht, als sie die Tasse anhob und den Milchkaffee austrank. Dann stand sie auf, verabschiedete sich von den beiden und eilte nach oben aufs Zimmer. Schnell warf sie ein paar der notwendigsten Sachen in die blaue Reisetasche, nahm ihren Personalausweis aus dem Safe und hoffte, dass sie den Flieger pünktlich erreichen würde. Nervös und aufgeregt lief sie die Treppe zum Erdgeschoss hinunter.

Als sie am gemütlichen Frühstücksraum vorbeikam, saßen die beiden immer noch da und unterhielten sich angeregt.

„Wartet nur, meine Lieben. Ihr werdet euch noch wundern. Das schöne Leben auf meine Kosten ist bald vorbei!“ Zornig verließ sie das Hotel, ging zum Taxistand und ließ sich zum Flughafen fahren.

Werner hatte beschlossen, vormittags zum Strand zu gehen, später den obligatorischen Tauchkurs zu besuchen und sich anschließend mit Irene am Strand im Wasser zu vergnügen. Er klemmte sich den großen Sonnenschirm unter den Arm, nahm seine Badeutensilien und marschierte los.

Widerwillig hatte Irene ihn nach etlichen Küssen gehen lassen, wollte aber später nachkommen, da sie tatsächlich einen Termin beim Friseur gebucht hatte. Ihre blonden Haare wurden frisch getönt und die Wimpern gleich mit eingefärbt, denn sie hatte festgestellt, dass ihre braune Wimperntusche doch nicht so wasserfest war, wie auf der Tube angepriesen wurde. Als sie gestern ein paar Runden im warmen Poolwasser geschwommen hatte und sich anschließend auf der weichen Sonnenliege ausstrecken wollte, hatte Werner sie ausgelacht und gesagt: „Du siehst aus wie ein verheultes Gespenst.“ Als sie ihn strafend angesehen hatte, meinte er großzügig: „Aber wie eins, das ich gerne anknabbern möchte.“

Es war fast Mittag, als Irene den Friseursalon verließ und auf ihre Uhr schaute. Sie musste sich beeilen, denn zu ihrer neuen Frisur brauchte sie noch einen schicken Badeanzug. Damit wollte sie Werner überraschen.

Wo hatte Elisabeth nur den schönen roten Anzug her? Toll sah sie darin aus, das musste Irene neidlos zugeben. Selbst Werner war begeistert gewesen, hatte seiner Frau Komplimente gemacht, während sie daneben stand.

Nachdem sich Irene in mehreren Geschäften umgesehen hatte und keinen vernünftigen Badeanzug entdecken konnte, ging sie entmutigt zurück zum Hotel. Unterwegs fiel ihr ein, dass sie heute Morgen Elisabeths Badeanzug auf dem Balkon gesehen hatte. Sicher war er inzwischen trocken. Sie brauchte sich nur hinüberzubeugen, den Arm auszustrecken und ihn von der Wäscheleine ziehen. Da Elisabeth den ganzen Tag nicht anwesend war, würde sie ihn auch nicht vermissen. Nach dem Baden käme er sofort dorthin zurück und wäre in der heißen Nachmittagssonne ganz schnell wieder trocken.

Gesagt, getan! Fröhlich vor sich hinträllernd, zog Irene den modischen Stretchbadeanzug an. Schnell noch ein dünnes, geblümtes Tuch um die Hüften geschlungen und ab zum Sandstrand.

Nachdem sie sich mit Sonnenmilch eingecremt hatte, legte sie sich entspannt auf die Liege und dachte: ‚Hoffentlich trifft Elisabeth diese Anne und kommt erst am späten Abend zurück.' Die Arme im Nacken verschränkt, schaute Irene verträumt auf das weite Meer. Es reizte sie, sich kopfüber hineinzustürzen.

Aber hatte sie dafür noch Zeit? Sie warf einen Blick auf ihre hübsche goldene Armbanduhr, die Werner ihr zum Geburtstag geschenkt hatte. Sein Tauchkurs war erst in zwanzig Minuten zu Ende, also blieb ihr noch genügend Zeit, um ein bisschen in der Brandung zu stehen oder ein paar Züge im Meer zu schwimmen, und ein nasser Badeanzug würde ihre Figur viel besser zur Geltung bringen. Werner stand auf so etwas! Es machte ihn an – und das musste sie heute ausnutzen. Also nichts wie hinein ins Wasser.

Wie immer beruhigte sich das türkisblaue Meer nach sieben starken Wellen. So, als ob es tief Atem hole, um dann wieder neu anzurollen und schäumend auf den Rand des feinen Sandstrands aufzulaufen.

Irene hatte mitgezählt. Nun nutzte sie diesen Moment der Ruhe, um ins Wasser zu laufen, damit ihre Haare nicht allzu nass wurden. Ausgelassen schwamm sie durch die leichten kräuselnden Wellen.

Als sie weiter hinten auf dem Wasser das gelbe Schlauchboot mit den Tauchern entdeckte, tastete sie mit den Zehenspitzen nach dem sandigen Meeresboden und versuchte sich hinzustellen. Als es endlich klappte, sie festen Boden unter den Füßen spürte, winkte sie mit beiden Armen und hoffte, dass Werner sie sehen würde.

Kurz bevor Werner sich mit seinen Kameraden vom Boot aus rückwärts ins Wasser fallen ließ, sah er sie, sonderte sich von der Gruppe ab und schwamm mit lautlosen, schlängelnden Bewegungen auf sie zu. Die Leidenschaft trieb ihn vorwärts wie einen gefräßigen Hai, der seine Beute wittert, oder wie ein kaltblütiger Killer, der auf Menschenjagd geht, der nur den einen Gedanken hat, seinen Auftrag zu erledigen.

Elisabeths Badeanzug war wie ein hüpfender, roter Ball auf dem blauen Wasser. Er konnte ihn nicht verfehlen. Aus irgendeinem Grund war Elisabeth früher aus Puerto del Rosario zurückgekommen. Das war seine Chance. Er musste sie nutzen!

Tief unten, fast schon am Meeresboden, schwamm er heran. Ohne lange zu überlegen, umfasste er wie mit eisernen Stahlklammern ihre Fesseln, riss mit einem Ruck ihre Füße nach hinten weg, sodass sie im sprudelnden Wasser versank.

Gurgelnd und wild um sich schlagend schluckte sie Wasser, hustete. Verzweifelt wollte sie seine Sauerstoffmaske abreißen, nach ihm greifen, sich an ihn klammern. Aber sie rutschte an dem glatten schwarzen Gummianzug ab, dabei verhakte sich der rechte Träger des Badeanzugs am Gurtschloss des Sauerstoffgeräts. Panisch riss und zerrte sie daran um freizukommen. Die Todesangst verstärkte ihre Kraft. Aber vergeblich, sie hatte keine Luft mehr.

Ihre Bewegungen wurden langsamer, schwächer. Vor ihren offenen Augen flimmerten Sterne. Es dröhnte in ihrem Kopf. Laut, immer lauter, bis sie das Bewusstsein verlor.

Langsam, fast behutsam wurde ihr Körper von der starken Strömung mitgenommen und bis hinter die grauen Felsenklippen in der Mitte der Meeresbucht getragen.

Ohne jegliche Regung hatte er sie viele Meter am Meeresboden entlang ins tiefere Blau gezogen. Als sie sich nicht mehr wehrte, regungslos wie eine Puppe im Wasser lag, hatte er einfach losgelassen, sich umgedreht und war mit schnellen Zügen zurück zum Boot gekrault.

Die Zeit reichte gerade noch aus, um sich zusammen mit den anderen Tauchern schwer atmend ins gelbe Schlauchboot fallen zu lassen.

Wieder an Land, half Werner mit, das große Boot auf den Strand zu ziehen und zu befestigen, die Sauerstoffgeräte in den Holzschuppen zu tragen und neu aufzufüllen. Die schwarzen Gummianzüge und die Flossen wurden zum Trocknen auf die breiten Bänke vor dem Schuppen gelegt.

„He, Kumpel, du zitterst ja. Ist dir kalt?“

Werner schrak zusammen. „N e i n ... I c h, ich glaube, ich habe nur zu wenig Kondition. Erst der lange Tauchgang und dann die schweren Geräte schleppen ... Ich bin nichts mehr gewöhnt. Sollte vielleicht auch weniger rauchen."

Verständnisvoll nickte sein Tauchkamerad, wies auf seinen Bauch und meinte: „Bei mir liegt es am guten Essen."

Wie ein Rausch war es gewesen. Blind fixiert auf den roten Badeanzug hatte er nur den einen Gedanken gehabt: Elisabeth muss sterben!

Sein Pulsschlag war immer noch viel zu schnell, und um sich zu beruhigen, lief er ein Stück am Strand entlang, sog die leicht salzige Meeresluft ein und versuchte, das eben Geschehene zu verdrängen.

Anschließend setzte er sich zu den anderen Tauchern an die Strand-Bar, denn er dachte: ‚Jetzt bloß nicht allein sein.'

Doch die Anstrengung, mehrere Cola-Rum und die heiße Sonne machten ihn müde. Schließlich verabschiedete er sich von seinen Sportgefährten und ging zurück zum Strand, um Irene zu suchen. Er sehnte sich nach ihr, brauchte ihre Nähe. Wo steckte sie nur? Jetzt, wo er endlich frei war, fand er sie nicht.

Verdrießlich ging er bis ans Wasser und hielt Ausschau nach ihr. Weit und breit nichts zu sehen. Enttäuscht gab er auf, legte sich auf sein großes Badehandtuch und schlief ein.

Erst nach Stunden wurde er wach. Fröstelnd setzte er sich auf, rieb sich die kalten Arme und sah zum Himmel.

Die Sonne hatte sich hinter dicken, grauen Regenwolken versteckt und der kühle, auffrischende Wind fuhr durch die hohen Palmen, bog die langen Blattwedel tief nach unten und ließ sie wieder emporschnellen. Die meisten der sonnenhungrigen Urlauber hatten ihre Badesachen zusammengepackt und waren auf dem Heimweg, um vor dem ersten Regenguss ihre Hotels zu erreichen.

Werner wollte auch nicht länger bleiben und zog sich an. Als er sein Baumwollshirt über den Kopf streifte, vernahm er das schrille Geräusch einer nahenden Polizeisirene und schaute sich suchend um.

Am Ende der lang gestreckten Badebucht gab es einen Menschenauflauf. Alle redeten laut durcheinander, gestikulierten wild mit den Händen, wiesen aufs immer unruhiger werdende Meer und wieder zurück auf den Strand.

Panisch dachte er: ‚Hoffentlich ist Elisabeth weit genug aufs offene Meer hinausgetrieben! Aber was ist, wenn der Wind sie zurück in die Bucht gebracht hat? Wenn die Strömung, die Wellen sie auf den Strand gespült haben?' Er versuchte sein Gewissen zu beruhigen, indem er zu sich selber sagte: „Es wird bestimmt irgendein Unfall sein."

Aber die nagenden Zweifel ließen nicht locker. Er musste es wissen, musste sich selbst davon überzeugen. Angespannt marschierte er zum anderen Ende des Strands und drängte sich durch den dichten Kreis der aufgeregten, neugierigen Menschen.

Im nassen Sand lag eine Frau. Ihr Körper war total zerschunden. Dann, nach einigen Sekunden ... registrierte er den roten Badeanzug: Elisabeths Badeanzug. Einer der beiden Beamten der Policia Canaria drehte die Tote vom Bauch auf den Rücken und strich ihr die nassen Haare aus dem sandverklebten Gesicht.

Werner wurde bleich, schwankte, riss entsetzt die Augen auf, zwang sich, noch einmal hinzuschauen, aber es änderte sich nichts. Er hatte das Gefühl, in einem Eiskeller zu stehen, konnte sich nur noch mühsam auf den Beinen halten.

‚Mein Gott, das ist ja Irene!' Werner war völlig durcheinander, konnte es nicht begreifen, starrte sie immer wieder an.

„Ist das nicht Ihre Bekannte?", fragte plötzlich ein Mann neben ihm und wies auf die Tote. „Aber sicher! Mit der und noch einer anderen blonden Dame saßen Sie doch immer morgens am Frühstückstisch."

Wie erstarrt stand Werner da, reagierte erst, als einer der Beamten ihn fragend ansah. „Ja s... sicher, es ist die F... Freundin meiner Frau. Ich bin total geschockt. Einfach fassungslos! Wie konnte so etwas nur passieren? Sie war doch eine gute Schwimmerin!"

„Wir sind hier auf einer Insel, Señor. Rundherum ist offenes Meer und der Atlantik hat starke Unterströmungen. Es ist jedes Jahr das Gleiche. Trotz Warnungen und Verboten schwimmen leichtsinnige Touristen zu weit hinaus und wundern sich, wenn sie abgetrieben werden. Nur dann ist es meistens zu spät, wie Sie selbst sehen."

Als der Leichenwagen angefahren kam, sagte er zu den im Kreis herumstehenden Menschen: „Por favor!

Bitte machen Sie Platz. Wir müssen die Tote wegbringen."

Nachdem der Unfallort großflächig abgesperrt war, wandte er sich an Werner und forderte ihn auf: „Kommen Sie mit zur Polizeistation. Wir müssen die Personalien der Ertrunkenen aufnehmen."

Werner rührte sich nicht. Der Beamte fasste ihn am Arm und zog ihn mit zum Polizeiwagen. Geistesabwesend stieg er ein.

Es dauerte einige Zeit, bis er das Gebäude der Policia Local, der Stadtpolizei, wieder verlassen konnte und mit dem Bus zurück zum Hotel fuhr.

Im Zimmer angekommen, lief er wütend auf und ab, weil Elisabeth von ihrem Besuch bei Anne noch nicht zurück war. ‚Wo bleibt sie nur? Wenn sie dort übernachten will, kann sie ja wenigstens Bescheid geben!'

Um diese Uhrzeit hatte die Boutique schon geschlossen. Und wie Anne mit Nachnamen hieß, wusste Werner nicht. Konnte sie deshalb auch nicht telefonisch erreichen. Ein paar Mal hatte er schon versucht, seine Frau auf dem Handy anzurufen, aber es war tot. Tot, tot, tot ... Genau wie seine geliebte Irene!

Frustriert und völlig mit den Nerven am Ende ließ er sich eine Flasche ‚Osborne', spanischen Cognac, aufs Zimmer bringen, setzte sie an die Lippen und trank sie halb leer. Aber seinen Kummer konnte er damit nicht ertränken. Schaudernd sah er immer wieder Irene vor sich, wie sie zerschunden am Strand lag. Seine Irene, er hatte sie selbst, mit eigenen Händen, kaltblütig umgebracht.

Zitternd wachte er mitten der Nacht auf, hatte von ihr geträumt. Irenes weit aufgerissenen Augen hatten ihn vorwurfsvoll angestarrt. Grässlich! Selbst im wachen Zustand sah er noch immer ihre Augen vor sich. Er schüttelte sich, lag grübelnd im Bett und fragte sich immer wieder, wie ihm dieser fatale Irrturm unterlaufen konnte.

Elisabeth hatte einen ruhigen, entspannten Flug gehabt und war inzwischen wohlbehalten zu Hause in Osnabrück angekommen.

Am nächsten Morgen stand sie schon sehr früh auf, um bei der Hausbank ihre Konten sperren zu lassen. Danach wollte sie das Anwaltsbüro Meintker in der Großen Straße aufsuchen, um sich in Sachen Scheidung beraten zu lassen. Als sie am Kiosk Mozartstraße, Ecke Lienesch Weg vorbeikam, fiel ihr Blick flüchtig auf die groß aufgemachte Schlagzeile der NOZ: ‚Urlauberin aus Osnabrück vor Fuerteventura ertrunken!'

Darunter gab es ein Foto, das die verstorbene Frau in einem roten Badeanzug am Sandstrand zeigte.

‚Komisch, meiner sieht genauso aus. Dabei hat mir die Verkäuferin versichert, dass es ein Einzelstück ist.'

Neugierig geworden, kaufte Elisabeth die Zeitung, kramte ihre Lesebrille aus der Handtasche hervor, setzte sie auf und besah sich das Foto genauer.

Die Tote hatte Ähnlichkeit mit Irene.

Interessiert überflog sie den Artikel. O Gott, sie war es tatsächlich! Irene war beim Baden ertrunken! Eigenartig, dabei war sie doch eine gute Schwimmerin!

Schadenfroh dachte Elisabeth: ‚Geschieht dir ganz recht, du hinterhältige Ziege! Was musstest du auch ein Verhältnis mit meinem Mann anfangen. Nicht einmal mein Badeanzug ist vor dir sicher gewesen.' „Dein Tod ist die ausgleichende Gerechtigkeit für das, was du mir angetan hast, meine Liebe!" Laut waren die letzten Worte über ihre Lippen gekommen. Automatisch hielt sie sich die Hand vor den Mund und dachte: ‚Hoffentlich hat mich niemand gehört!'

Schnell steckte sie die Zeitung in die Tasche und lief zur Bank. Dort setzte sie sich in die Besucherecke und las den Artikel noch einmal ganz genau durch.

Plötzlich begriff sie, wurde aschfahl, schien um Jahre gealtert. Das Gespräch, das sie vorgestern auf dem Balkon im Hotel belauscht hatte. Es ging nicht um Geld, jedenfalls nicht an erster Stelle. Gemeinsam mit Irene wollte Werner sie umbringen, ermorden, einfach beiseiteschaffen. Nun hatte er die Falsche erwischt.

Elisabeth musste sich zusammenreißen, um nicht laut aufzulachen, und murmelte: „Mit der Policia local, der spanischen Polizei, kannst du es nicht aufnehmen. Bei der kommst du nicht ungeschoren davon."

Mit sich selbst zufrieden erledigte Elisabeth ihre Bankgeschäfte und machte sich auf den Weg zur Anwaltskanzlei.

Dort angekommen, rauschte sie an der verdutzten grauhaarigen Sekretärin vorbei, riss mit Schwung die schwere Glastür auf und knallte dem älteren Anwalt, den sie schon seit ihrer Kinderzeit kannte, die Zeitung auf den überfüllten Schreibtisch. „Hier, lesen Sie!"

Irritiert schaute Doktor Meintker auf, nahm umständlich seine Lesebrille aus dem schwarzen Hartschalenetui, setzte sie auf und las den Bericht. Dann schob er die Zeitung zur Seite und schaute Elisabeth an. So wütend und aufgebracht hatte er seine langjährige Mandantin noch nie gesehen. „Nehmen Sie doch Platz, Frau Kastmann, und beruhigen Sie sich erst einmal. Was hat die verunglückte Frau denn mit Ihnen zu tun?“

Elisabeth ließ sich in den schwarzen Ledersessel fallen, zog fahrig ihren eleganten dunkelblauen Rock gerade, holte tief Luft und erzählte dem Anwalt, was sie wusste, was sie gehört hatte.

Ärgerlich, weil Elisabeth immer noch nicht zurückgekommen war, beschloss Werner, am nächsten Morgen einfach abzureisen.

Vergrätzt warf er seine Wäsche, Hemden, T-Shirts und Hosen in den Koffer und dachte: ‚Wenn ich schon nicht mit meiner geliebten Irene zusammenleben kann, dann will ich wenigstens Elisabeths Geld haben, damit ich mich in irgendein Land absetzen kann, das nicht ausliefert.’

Nachdem er den Koffer verschlossen hatte, verließ er das Zimmer, ging nach unten zur Rezeption und verlangte die Getränkerechnung, die er umgehend beglich.

Als er kurz darauf das luxuriöse spanische Bankgebäude an der breiten Hauptstraße betrat, war es schon fast Mittag. Zielstrebig ging er zum Geldautomaten, der sich an der rechten Wandseite befand, und gab die Geheimnummer ein. Umgehend erschien auf dem Display der Hinweis: ‚No disposición.'

‚Jetzt bin ich schon so durcheinander, dass ich die verkehrte Nummer eingegeben habe.'

Frustriert versuchte er es noch einmal, aber wieder erschien der gleiche Hinweis. ‚No disposición.' Aus Angst, die Scheckkarte würde beim dritten Mal eingezogen, gab er den Versuch auf und verließ das Gebäude.

Zielstrebig ging er zurück zum Hotel und überlegte, wie er an Elisabeths Geld kommen könnte.

Als er den gläsernen Fahrstuhl betreten wollte, kamen zwei Männer auf ihn zu. „Sind Sie Herr Kastmann, Werner Kastmann?"

„Ja! Wieso? Was wollen Sie denn von mir?"

Der eine der beiden Zivilbeamten hielt Werner seinen Polizeiausweis entgegen und sagte: „Sie haben gestern im Stadtzentrum bei der Policia Local zu Protokoll gegeben, dass Sie einige Zeit vor dem Unglück an einem Tauchkurs teilgenommen, anschließend mit einigen Kameraden an der Bar des Clubhauses etwas getrunken und somit den ganzen Nachmittag überhaupt keinen Kontakt mit Frau Irene Appel gehabt hätten."

„Stimmt, genauso habe ich es ausgesagt und auch unterschrieben!"

„Aufgrund eines sehr konkreten Hinweises aus Deutschland in Bezug auf den Badeunfall von Frau Irene Appel haben wir mit einem Durchsuchungsbefehl die Tauchschule ‚Centro de Bucca' in der Bucht von Jandia aufgesucht und alle Taucherausrüstungen überprüfen lassen. Dabei haben wir eine interessante Entdeckung gemacht."

Werner wurde blass, verlor die Nerven, drehte sich um und wollte wegrennen, aber die beiden Beamten verstellten ihm den Weg, hielten ihn fest und legten ihm Handschellen an.

„Wegen des dringenden Verdachts, Frau Irene Appel ermordet zu haben, sind Sie vorläufig festgenommen, Herr Kastmann!"

Widerstrebend ließ sich Werner von den Beamten abführen und dachte: ‚Beweisen können sie mir nichts.'

Aber hier irrte er sich zum zweiten Mal, denn die Spurensicherung hatte einige rote Fasern an dem Verschluss des Sauerstoffgeräts gefunden und überprüft. Die waren identisch mit den Fasern des Badeanzugs, den Frau Appel zum Zeitpunkt ihres Todes getragen hatte.

Domino-Effekt

Ein alter, dicker Pudel, der in der Mozartstraße, Ecke Rheiner Landstraße vom Balkon in der siebten Etage eines Hochhauses herunterfiel, kostete vier Menschen das Leben.

Das erste Opfer war die alte Frau Wamhorst, die im Erdgeschoss wohnte und gerade mit ihrem Rollator das Haus verlassen hatte, um ihre morgendlichen Einkäufe zu erledigen. Der Hund fiel ihr direkt auf den Kopf. Die alte Frau strauchelte, ließ den Rollator los und stürzte samt jaulendem Hund rückwärts auf den mit grauen Betonplatten gepflasterten Weg. Unglücklicherweise waren Frau und Hund sofort tot.

Im selben Moment hörte man Bremsen quietschen, Türen knallen und lautes Geschrei. Ein junger Mann, der aus Neugierde auf die Straße getreten war und noch über den tragischen Unfall gelacht hatte, wurde von der Linie drei des Stadtbusses überrollt. Er verstarb im Notarztwagen der Samariter auf dem Weg zum Marienhospital.

Das dritte Opfer, Karlheinz Meier-Wimmersdorf, ein stets hilfsbereiter Frührentner, der auf der anderen Straßenseite in einem schmucken Einfamilienhaus wohnte und alles von seinem großen Küchenfenster aus beobachtet hatte, bekam vor lauter Aufregung einen Herzschlag und brach tot zusammen.

Das vierte Opfer, eine achtundsechzigjährige Bekannte von Frau Wamhorst, die zusammen mit der alten

Dame einkaufen gehen wollte, sich aber im Bäckergeschäft an der Ecke zuvor noch eine große Kugel Vanilleeis gekauft hatte, erlitt bei der Beobachtung des Unfallgeschehens einen Schock. Wie in Trance schob sie sich das Eis in den Mund, verschluckte sich, rang nach Luft, röchelte und fiel mitten auf dem Bürgersteig um. Sie erstickte an einem Waffelkrümel, der sich in die Luftröhre gesetzt hatte.

Der ebenfalls geschockte Busfahrer, der unter Schreikrämpfen litt, wurde von den anrückenden Beamten aus dem Polizeirevier am Kollegienwall zur Ameos-Klinik am Gertrudenberg gebracht, während die Insassen des Busses auf den Ersatzfahrer warteten und lautstark über die eigenartigen Zufälle im Leben diskutierten. „Wenn ich das heute Abend meinen Freunden erzähle, werden sie mich bestimmt auslachen und mich für verrückt erklären“, meinte eine der jungen Frauen, die Im Bus saßen.

Bei der Klärung der Unfallursache stießen die Beamten des Verkehrsdezernats auf merkwürdige Zufälle und gaben die Akte weiter an die Kriminalpolizei. Die weiteren Ermittlungen führten zur Verhaftung des geschiedenen Sohnes von Erika Wamhof, der in der siebten Etage des Hochhauses wohnte.

Bei den intensiven Verhören kam heraus, dass Jan-Lukas Wamhof den Hund absichtlich heruntergeworfen und gehofft hatte, damit seine alte Mutter zu treffen. Allerdings wollte er ihr nur einen Schock versetzen, sie anschließend überreden, endlich ins Altenheim an der Bergstraße zu ziehen. Gleichzeitig wollte er von ihr eine Kontovollmacht, damit er an ihre Sparbücher käme, um so seine immensen Schulden zu begleichen. Seine Mutter hatte sich strikt geweigert, weiter für ihren missratenen Sohn aufzukommen.

So endete ein total verrückter Plan damit, dass vier Menschen und ein Hund ums Leben kamen. Der Verursacher des Unglücks aber erreichte keine Schuldenfreiheit, sondern kam für viele Jahre ins Gefängnis.

„Kiek es, watt do allens passeet in Ossenbrügge“, meinte ein alteingesessener Bürger.

Mysteriöser Mordversuch

Drei Mal feuerte ein maskierter Mann am frühen Mittwochmorgen in der Georgstraße auf den bekannten Juwelier Manfred Mühlbaum. Die gezielten Schüsse wurden aus einem silbergrauen Mercedes heraus abgefeuert.

Manfred Mühlbaum war gerade zusammen mit seiner bei ihm angestellten Tochter Melanie vor seinem Juweliergeschäft angekommen, als die Schüsse fielen. Der 50-jährige Unternehmer hatte großes Glück. Die Kugel, die wahrscheinlich tödlich gewesen wäre, blieb im prall gefüllten Münzgeldportemonnaie stecken, das sich in seiner linken Mantelbrusttasche befand. Bis auf einen Schock blieb der Geschäftsmann unverletzt.

„Vater und Tochter Mühlbaum hatten ihren brandneuen weißen Audi A6-Kombi in einer Parklücke vor dem Geschäft abgestellt. Ich hatte das neue Auto bewundert, mich mit dem Besitzer unterhalten und wollte gerade meine Ladentür aufschließen“, erzählte der beinahe zu Tode erschrockene Besitzer des gegenüberliegenden Schuhgeschäfts einem Reporter der Neuen Osnabrücker Zeitung. „Es ging alles so schnell. Eine Kugel ratschte anscheinend über das weiße Autodach und blieb gegenüber in der grauen Hauswand stecken. Die zweite Kugel flog dicht an Mühlbaums Schulter vorbei und durchschlug die große Schaufensterscheibe meines Schuhgeschäfts. Die dritte Kugel traf Mühlbaum in den Oberkörper. Er fasste sich an die linke

Brustseite und sackte auf dem Bürgersteig zusammen. Ich benachrichtigte per Handy die Polizei und den Notarzt.“

Mühlbaums Tochter sah noch, wie eine Pistole in den langsam fahrenden Wagen zurückgezogen wurde. Geistesgegenwärtig merkte sie sich das Kennzeichen des davonrasenden Daimlers.

Die Beamten des Streifenwagens trafen schon nach kurzer Zeit ein, sperrten alles ab und drängten die neugierigen Passanten zurück.

Die umgehend zusammengestellte Mordkommission im Polizeigebäude am Kollegienwall ließ am gleichen Vormittag bundesweit nach dem silbergrauen Wagen fahnden. Kriminaltechniker sicherten am Tatort die Spuren und stellten fest, dass die drei Bleiprojektile aus einer schweren Caracal-Pistole, Kaliber 9×19mm, stammten, die in Abu Dhabi hergestellt wird.

Wenige Stunden später stürmten einige SEK-Beamte die Penthousewohnung des Deutschrussen Wladimir Kasow im Osnabrücker Stadtteil Haste, nachdem sie den silbergrauen C-Klasse-Mercedes in der Tiefgarage des Hochhauses entdeckt hatten.

Ob Kasow oder einer seiner beiden ständigen, vor Kraft strotzenden Begleiter, mit denen er kurz vor dem Zugriff der Beamten seine Wohnung im sechsten Stock betreten hatte, der Schütze war, ist noch nicht geklärt. Unter lautstarkem Protest wurden die drei Männer festgenommen. Ob die bei der Festnahme sichergestellte Pistole die Tatwaffe war, ist ebenfalls noch unklar.

Unklar ist auch, warum Manfred Mühlbaum sterben sollte. Die Tatverdächtigen schweigen beharrlich, bestehen aber auf einen Dolmetscher und einen gut Russisch sprechenden Anwalt.

Die Tat erinnert an den Fall des ermordeten Immobilienmaklers Alfred Sodenholz, der im Sommer 2011 auf dem neu angelegten Haseufer-Weg in Osnabrück, in Höhe der Schlagvorderstraße, regelrecht hingerichtet wurde.

Genau wie Alfred Sodenholz eröffnete Manfred Mühlbaum vor Kurzem eine neue, gut florierende Geschäftsfiliale im Zentrum der russischen Hauptstadt Moskau.

Insider behaupten, dass es sich bei der Tat wahrscheinlich um Schutzgelderpressung gehandelt habe, der Makler Sodenholz und Juwelier Mühlbaum sich aber geweigerte hätten, die Gelder zu bezahlen.

Da soll noch jemand behaupten, Osnabrück sei eine Provinzstadt. Hier gibt es internationale Beziehungen aller Art. „Da kann man nich meckern!"

Die unerschrockene Patientin[1]

Seit zehn Tagen hatte ich nun schon Nieren- und Blasenschmerzen. Mein Urin war ganz dunkel, sah fast wie Kaffee aus. Der Notarzt, den ich am letzten Sonntag zu mir nach Hause bestellt hatte, meinte: „Ihr Urin hat die typische Farbe für eine gravierende Nierenbeckenentzündung. Ich werde Ihnen Antibiotika verschreiben, die Sie bitte drei Mal täglich einnehmen müssen."

Doch es half alles nichts. Ständig hatte ich Schmerzen, es zog und stach im Bauch, im Rücken und in der Seite. Das dumpfe Gefühl im Unterbauch ließ mich zu dem Entschluss kommen, dass wohl auch die Blase in Mitleidenschaft gezogen sei. Am Freitag bemerkte ich hellrotes Blut im Urin. Erschrocken rief ich meine alte Hausärztin an. Sie riet mir, umgehend ins Krankenhaus, in die Städtischen Kliniken am Finkenhügel zu fahren, da alle urologischen Ärzte schon ab Mittag ihre eigenen Praxen geschlossen hätten.

In der Notaufnahme im Klinikum hieß es mal erst sich anmelden und dann warten. Nach über einer Stunde wurde ich aufgerufen, folgte einer Pflegerin ins Behandlungszimmer und musste mich auf die schmale, zur Untersuchung vorbereitete Liege legen.

---

[1] Die nachfolgende Geschichte ist natürlich frei erfunden und hat nichts mit der Realität an Osnabrücker Krankenhäusern zu tun.

Und dann hieß es wieder warten, warten, warten! Endlich kam die zuständige Ärztin. Sie hatte lange, rote Haare, wirkte sehr burschikos, aber nett, und fragte: „Wo brennt's denn?"

Nachdem ich ihr meine Symptome erklärt hatte, untersuchte sie mich mit Ultraschall und stellt fest, dass in der linken Niere irgendetwas nicht stimmen würde. Ich solle auf jeden Fall über das Wochenende im Klinikum bleiben und intravenös Antibiotika bekommen.

Eine junge Pflegerin aus Vietnam holte einen fahrbaren Ständer für den Tropf. Frau Doktor Wienhard, so hieß die Rothaarige, legte mir die passende Kanüle in den Arm und spritzte zusätzlich ein Schmerzmittel in den Tropf. Während sie die leere Spritze wegräumte, fragte sie mich: „Merken Sie schon etwas im Kopf?"

„Wieso im Kopf? Ich habe doch starke Schmerzen im Unterbauch!"

Sie lachte. Im selben Moment drehte sich alles um mich herum. ‚Holzhammernarkose? Wenn ich jetzt bis zehn zähle, bin ich dann bewusstlos?' Ein unheimliches Gefühl breitete sich in mir aus. ‚Fühlen sich so etwa Junkees, wenn ihnen die Sinne vernebelt werden?'

„Es legt sich gleich", sagte die Ärztin. Freundlich bot sie zudem an: „Ich hole einen geeigneten Rollstuhl und fahre mit Ihnen zur Station fünf."

Inzwischen ging es mir etwas besser. Die Schmerzen waren wie durch eine heilende Zauberhand verflogen, aber mein Kopf fühlte sich an wie in Watte gepackt und in meinen Ohren summte und rauschte es. ‚Bin ich vielleicht high? Was war das bloß für ein Mittel?'

Als die Ärztin mit dem Rollstuhl kam, ich von der Liege aufstehen musste, war ich ganz wackelig auf den Beinen und froh, als ich in dem Stuhl saß.

Die Urologische Station lag am anderen Ende der Notaufnahme. ‚O je! Ob ich von da aus je wieder zurück zum Behandlungszimmer finde?'

Mein Zimmer machte einen gepflegten Eindruck. Die Wände waren sonnengelb gestrichen und vor dem großen Fenster hingen gelbe Gardinen mit rostroten und grünen Streifen. Die hellen Möbel waren modern und mit einer grün gestrichenen Kante abgesetzt. Über dem Bett befand sich eine schöne Kandinsky-Kopie: Kreise, Dreiecke und Quadrate. Passte gut hierher! Das Beste aber war, dass ich mich in einem Einzelzimmer befand.

Dreimal am Tag und einmal in der Nacht wurde der Tropf mit dem starken Schmerzmittel erneuert. Eine Art Morphium, wie mir die Krankenschwester zu meinem Erstaunen erklärte. ‚Ich glaube, das Mittel macht willenlos.'

Am Sonntag wachte ich mit heftigen Kopfschmerzen auf. ‚Wird bestimmt Migräne sein.' Ich bat die zuständige Schwester um ein Zäpfchen. Das bekommt mir besser als Tabletten, die meistens nicht im Magen bleiben.

Nach einer Stunde kam Schwester Marita mit dem passenden Medikament. Angeblich konnte sie die richtige Sorte nicht schneller finden. Mir wurde übel. Mit

Müh und Not kam ich zur Toilette und musste mich übergeben.

„Gott, ist mir schlecht! Ich brauche ein abgedunkeltes Zimmer. Keiner darf mit mir sprechen, darf mich stören, damit ich schlafen kann. Erst danach geht es mir meistens besser", erklärte ich der Schwester.

Zum Verdunkeln gab es aber nur dünne Übergardinen und alle Augenblicke kam eine Schwester ins Zimmer: Fieber messen, Tropf neu anschließen, Essen bringen. Als ich das dicke Rosinenbrot sah, wurde mir wieder übel. Ich mag keine Rosinen. Widerstrebend nahm die Schwester das unberührte Tablett wieder mit.

Ich schloss die Augen, versuchte zu schlafen. Hatte Glück, dass kein Personal unaufgefordert mein Zimmer betrat. Dafür läutete das Telefon: Die Kinder waren am Apparat. Sie wollten wissen, wie es mir gehe. Ich sagte ihnen, dass ich Migräne hätte und legte den Hörer wieder auf.

Inzwischen wurde der nächste Tropf angeschlossen. „Ich will nicht. Will nur meine Ruhe haben."

„Geht nicht, der Tropf muss sein!", bekam ich zur Antwort.

Nachdem er durchgelaufen war, zog ich meinen rosafarbenen Bademantel über und lief im Zimmer hin und her. Allmählich ließen die Kopfschmerzen nach. Der Nebel lichtete sich.

Zum Abendessen aß ich einen Becher Mandarinenjoghurt. Frisch und lecker!

‚Ich glaube, jetzt geht es mir wieder besser.'

Später rief meine Freundin Monika an, wollte mit mir eine Märchenlesung besuchen. Wenig später, der nächste Anruf.

‚Oh, wie ich sie doch liebe, meine Freundinnen!'

Montag. Heute musste ich nüchtern bleiben, musste schon früh zum Röntgen. Eine junge Assistentin holte mich ab. Zuerst eine einfache Aufnahme. Vor der zweiten Aufnahme wurde mir ein Kontrastmittel gespritzt. Damit musste ich einverstanden sein, musste unterschreiben. Es könnte ja sein, dass etwas schiefgehen würde. Dafür wollen sie im Krankenhaus keine Haftung übernehmen. Was sollte ich machen? Notgedrungen unterschrieb ich.

Kurz darauf lag ich auf einem kalten Metalltisch, nur zugedeckt mit einer dünnen Decke. Ich schaute nach oben, sah in das grelle Deckenlicht, sah in ein Gewirr von Röhren und Kabeln.

Auf dem flachen Röntgentisch zu liegen war sehr unbequem. Ich bekam Rückenschmerzen. Dann begann die langweilige Prozedur: Luft einatmen, Luft anhalten und ausatmen, Luft einatmen, Luft anhalten, ausatmen. Nach zwanzig Minuten das Ganze noch einmal, dabei lag ich immer noch auf dem kalten Metalltisch. War bei einer akuten Nierenentzündung bestimmt nicht gut.

Da niemand vom Pflegepersonal Zeit hatte, musste ich den Rückweg zum Krankenzimmer allein bewältigen. Doch wo war mein Zimmer? Die Flure waren elend lang, verwinkelt, kreuzten sich, sahen alle gleich aus. Schließlich bat ich eine Schwester, mir den Weg zu zeigen. Sie begleitete mich zur richtigen Station.

Endlich lag ich wieder im warmen Bett, hatte inzwischen Hunger. Ich bekam aber nichts zu essen, da noch eine Blasenspiegelung anstand und eine Probe aus der linken Niere genommen werden sollte.

Um vierzehn Uhr kam ein großer, kräftiger Pfleger und schob mich samt Bett über den Flur zu den OP-Räumen.

Die nette, burschikose Ärztin nahm die Untersuchung vor. Als sie die Sonde in die Blase schob, schmerzte es, dann ein leichtes Druckgefühl und ein Zwicken in der linken Niere.

„Aua, das tut weh!"

Frau Doktor Wienhard redete mir gut zu, sagte: „Es befindet sich eine Wucherung in der Niere, die aber wohl nicht bösartig ist. Wir schicken die Probe ein. Nach einer Woche bekommen Sie das Ergebnis mitgeteilt."

Endlich war sie fertig, half mir vom Untersuchungsstuhl und wieder ins Bett. Ich war total geschafft. Sie beruhigte mich und sagte: „ Übermorgen können Sie wieder nach Hause gehen. Der genaue Grund, warum Sie Blut im Urin haben, lässt sich heute nicht hundertprozentig feststellen."

Der Pfleger schob mich zurück ins Zimmer, wo schon mein Mittagessen auf mich wartete. Schwester Anne war genervt und sehr unfreundlich, weil sie das Tablett erst so spät wieder abholen konnte.

Ich stand auf, zog die Gardine zur Seite, legte mich wieder ins Bett und schaute nach draußen. Es regnete in Strömen, ein plätscherndes, eintöniges Geräusch. Novemberwetter macht müde, doch zum Schlafen kam ich nicht. Meine Tochter rief an, wollte mir Kuchen backen, wollte mich zusammen mit ihrem kleinen Sohn morgen Nachmittag besuchen. Der Kleine hatte die Absicht, mir sein Gute-Nacht-Buch zu bringen, weil ich ‚Aua' im Bauch hätte. Trotz Schmerzen freute ich mich auf den Besuch.

Nach einer Nacht mit viel, viel Regen schien heute Morgen die Sonne, etwas fahl, aber immerhin war sie zu sehen. Vereinzelte, kleine weiße Wolken wurden allmählich vom Wind vertrieben. Vom Bett aus schaute ich auf die mächtigen Buchen, die mit ihren gelben, ockerfarbenen und rötlichen Blättern an der alten Mauer im Klinikpark standen. In der dicken, hohen Kiefer, die sich direkt neben meinem Fenster befand, hüpften viele kleine Meisen umher und suchten nach Futter. Ein schöner Anblick, der mir Ruhe und Gelassenheit vermittelte. Trotz Zweifeln, ob es vielleicht doch Nierenkrebs sein könnte, fühlte ich mich gut.

Bei der morgendlichen Visite wurde mir mitgeteilt, dass ich am nächsten Tag entlassen würde. Der vorläufige Befund würde zum Hausarzt geschickt.

Kurz vor Mittag besuchten mich meine Tochter und mein kleiner Enkel. Der Kleine hatte mir sein Lieblingskuscheltier mitgebracht.

„Oma Krankenhaus, Tierarzt", plapperte er drauflos.

„Nein, mein Schatz, richtiger Arzt."

„Kinderarzt?"

„Nein, auch nicht. Ein Arzt für große Leute."

„Ja, ich auch bald groß." Er zog die Schuhe aus, legte sich neben mich ins Bett und machte die Augen zu.

„Hier wird nicht geschlafen!", befahl Mama. „Wir müssen gleich wieder nach Hause, das Mittagessen ist fertig."

Mein Essen bestand aus einer Tasse Rindfleischsuppe. Schweinebraten, Kartoffeln und Gemüse befanden sich auf einem Wärmeteller. Als Nachtisch gab es Vanilleeis mit heißen Sauerkirchen.

An nächsten Tag holte mein Mann mich ab und brachte mich nach Hause.

Eine Woche später rief meine Hausärztin an und teilte mir mit: „Die Urinprobe im Klinikum ist nicht in Ordnung gewesen. Lassen Sie sofort ein MRT machen, zusätzlich beim Urologen Ultraschall, Blut abnehmen und Blutdruck messen. Der ist viel zu hoch, wahrscheinlich durch die ganze Aufregung."

‚Könnte ich doch Nierenkrebs haben?' Vorsichtshalber überarbeitete ich mein Testament, brachte es auf den neuesten Stand. Hatte ich Angst? Ja. Nein. Ich wusste es nicht so recht. Blöde Situation!

In dieser Nacht hatte ich einen sonderbaren Traum. Ich gehe los, gehe auf einer schnurgeraden Straße. Plötzlich gibt es eine Baustelle. Umleitung, mehrere

Abzweigungen! Wohin soll ich gehen? Endlich finde ich den richtigen Weg und marschiere tapfer bergan. Plötzlich bin ich in einem Wald. Der Boden unter meinen Füßen ist weich und federnd, es ist angenehm zu laufen. Schlanke, hohe Bäume mit vielen grünen Blättern umgeben mich. Alles ist grün, ruhig und entspannend. Langsam schreite ich hinauf, fühle mich gut dabei. Weiter oben komme ich auf eine kleine Lichtung, die hell und sonnig ist. Von hier kann ich meinen bisherigen Weg überblicken. Um mich herum ist alles friedlich. Ich habe das Gefühl, dass ich angekommen bin, verspüre ein Wohlgefühl.

Bin ich im Himmel? Bin ich gestorben?

Vierzehn Tage später musste ich wieder ins Klinikum, eine Gewebeprobe aus dem Harnleiter entnehmen lassen. Vielleicht würde man dann endlich feststellen, ob ich Nierenkrebs hätte oder nicht. Diese Warterei war zermürbend. Dauernd fragte ich mich: ‚Lebe ich bis nächstes Jahr Weihnachten? Was kann ich noch alles unternehmen?' Für den Ernstfall wollte ich gewappnet sein, alles geregelt haben.

Bei der Anmeldung musste ich aufs Neue alle Unterlagen ausfüllen. Die täglich zehn Euro sollten bei der Entlassung vom Konto abgebucht werden. Mit meinen Papieren musste ich mich in der Ambulanz melden.

Die Daten wurden aufgenommen und im Computer abgespeichert. Dann warten, warten und nochmals warten. Endlich wurde ich ins Besprechungszimmer gerufen. Blutabnahme, Ultraschall, Datenvergleich. Keine besonderen Vorkommnisse. Trotzdem sollten Blase und Niere mit flexiblen Geräten, mit denen man um die kleinsten Ecken kam, unter Vollnarkose untersucht werden.

Ein Pfleger brachte mich zur Station, wo mir ein Zimmer und ein Bett zugewiesen wurden.

Um elf Uhr bekam ich eine Beruhigungstablette und wurde in den OP-Raum geschoben. Bevor ich die Narkosespritze bekam, erkundigte sich die Ärztin: „Haben Sie eine Schiene im Bauch?“ Ich wusste zwar nicht genau was sie meinte, aber eine Schiene hatte ich nicht im Bauch.

Um ein Uhr kam ich wieder zu mir. Mein Bauch schmerzte. Umgehend wurde ich an einen Tropf angeschlossen, konnte die Augen nicht offen halten und schlief wieder ein.

Bei der Visite am nächsten Morgen erklärte mir Frau Doktor Wienhard: „Der Kanal von der Blase zur Niere war zu eng, um eine Gewebeprobe zu entnehmen. Um das Ganze zu dehnen, mussten wir Ihnen eine Schiene in den Kanal legen. In vierzehn Tagen versuchen wir es noch einmal.“

‚Mist, elendiger! Hoffentlich hat alles seine Richtigkeit.‘ Allmählich kam mir die ganze Sache komisch vor. Besonders da Frau Wienhard sich bei mir erkundigte, ob ich sonst völlig gesund sei.

Den ganzen Tag hatte ich Blut im Urin, musste deshalb sehr viel trinken. Die Stationsschwester hatte Mitleid und brachte mir warmen Tee, der besser schmeckte, als immer nur kaltes Mineralwasser.

‚Ob ich morgen wohl nach Hause gehen darf?'

Ich musste darauf achten, immer früh genug zur Toilette zu gehen, denn die volle Blase drückte sonst zu sehr auf die Schiene. Das sei eine Art poröser Schlauch, wie mir die Schwester erklärte.

In der letzten Nacht hatte ich sehr wenig geschlafen. Gegen meine Bauch- und Blasenschmerzen bekam ich nur Novalgintropfen verabreicht. Bei der Visite erklärt mir der Professor: „Die Schmerzen sind normal. Jeder reagiert anders auf die Schiene."

Die anschließende Ultraschall-Untersuchung ergab keinerlei Befund. Anscheinend war alles in Ordnung.

Aber wofür brauchten sie die vielen Blutproben? Was wollten sie feststellen? Womit wollten sie sie vergleichen? Seltsam!

Am nächsten Tag bekam ich hohes Fieber und starke Schmerzen im Bauch. Man gab mir Tabletten und zusätzlich wurde ich wieder an einem Tropf angeschlossen. Wahrscheinlich war darin Morphium oder etwas Ähnliches. Meine Schmerzen waren weg, aber dafür fühlte ich mich leicht benebelt.

Wenn ich die Augen schloss, sah ich Gesichter. Schöne Gesichter, die sich allmählich zu Fratzen verzerrten und glühende Augen bekamen.

Schrecklich!

Erschrocken riss ich die Augen wieder auf und sah mich um. Es war hell im Zimmer und nichts Ungewöhnliches war zu entdecken. Doch sobald ich die Augen schloss, sah ich wieder diese Gesichter, die zu Totenmasken wurden. Schnell öffnete ich die Augen und wagte nicht, sie wieder zu schließen.

Es war schon fast Mitternacht. Ich war todmüde, musste endlich schlafen. Doch wie sollte ich es anstellen? Und wieso kam der Besucherstuhl selbstständig ans Bett gerückt? Das schabende Geräusch ängstigte mich. Mein Herz klopfte wie verrückt und auf der Stirn bildete sich Angstschweiß. Woher kamen diese Wahnvorstellungen? Irgendetwas musste in dem letzten Tropf gewesen sein.

Plötzlich öffnete sich die Zimmertür und ein mir unbekannter Pfleger trat an mein Bett. Vielleicht die neue Nachtwache? Mit den Worten: „Die müssen Sie sofort nehmen“ gab er mir zwei Tabletten und wartete, bis ich sie geschluckt hatte.

‚Warum soll ich mitten in der Nacht Tabletten nehmen?’ Heimlich spuckte ich sie in die Hand und ließ sie unter der Bettdecke verschwinden. Ohne ein Wort zu sagen, löste der Mann die Feststeller meines Bettes und schob mich auf den Flur.

„Wo bringen Sie mich hin?“

„Die Ergebnisse Ihrer Untersuchung sind so schlecht, dass wir uns im OP dringend ihre Niere ansehen müssen.“

„Mitten in der Nacht?“

„Notfallprogramm! Sie können ganz beruhigt sein.“

‚Sehr eigenartig. Ob es tatsächlich so etwas gibt?’ Ängstlich schaute ich mich um. Im langen Flur brannte nur die kümmerliche Nachtbeleuchtung und vom restlichen Personal war niemand zu sehen. ‚Irgendetwas stimmt hier nicht. Muss nicht erst ein Vorgespräch gemacht werden?', überlegte ich. Waren meine Halluzinationen eine Vorahnung gewesen? Wollte mir das Unterbewusstsein eine Warnung zukommen lassen?

Als der Pfleger den Knopf für die schwere automatische Zwischentür nicht gleich fand, erst suchen musste, wusste ich, dass es hier nicht mit rechten Dingen zuging. Schnell schob ich mein Oberbett so zusammen, dass es aussah, als läge ich darunter, rutschte vorsichtig vom Bett und versteckte mich hinter dem breiten Flurschrank. Endlich bekam er die Tür auf, griff zum Bett, schob es hindurch und automatisch schloss sich Tür hinter ihm.

So schnell ich konnte, rannte ich zum anderen Ende des verwinkelten Flurs, denn in meinem Zimmer würden sie mich zuerst suchen.

‚Soll ich den Alarmknopf drücken? Nein! Vielleicht ist es ein Komplott und alle halten zusammen. In der Dusche verstecken und von innen abschließen? Fällt auch sofort auf. Außerdem haben die bestimmt einen Ersatzschlüssel oder sie treten die Tür ein.'

Ich öffnete die Schiebetür zum Besucherbalkon. ‚Erster Stock! Wie komme ich hier hinunter?' Mein Denken und Handeln waren eins. ‚Die Balkonstützen. Tief durchatmen. Über das flache Geländer klettern. Nicht mit dem langen Nachthemd verheddern! An dem Eisengitter festhalten. Wird schon schiefgehen.'

Ängstlich blickte ich nach unten, sah dichte Büsche und hohes Gras. Ich hatte keine Wahl, griff mit beiden Händen zum runden Stahlpfeiler, umklammerte ihn gleichzeitig mit meinen Beinen und rutschte daran hinunter. Gut, dass ich heute Morgen die dicken Thrombosestrümpfe aus Gummi hatte anziehen müssen.

Meine Hände brannten und mein Bauch schmerzte, aber mein Kopf war wieder völlig klar, als ich zwischen den Büschen auf dem Boden landete. Ohne lange zu überlegen, lief ich quer über die feuchte Rasenfläche bis zu den dicken Bäumen. Nach Atem ringend versteckte ich mich dahinter, lugte dann aber vorsichtig hervor und schaute zurück zum Balkon.

Bei dem diffusen Mondlicht konnte ich gerade noch erkennen, dass die Balkontür geschlossen war. Bestimmt suchten sie mich im Haus, also schnell über die alte Bruchsteinmauer klettern. Im Nachthemd gar nicht so einfach. Gott sei Dank fiel ich auf der anderen Seite in einen hohen, modrigen Laubhaufen. Eilig rappelte ich mich auf, lief den schmalen Fußweg hinunter zum nächsten Haus und drückte dort etliche Male auf den Klingelknopf.

Mit erschrockenem Gesicht öffnete eine Frau die Tür. Wie ein Gespenst musste ich auf sie gewirkt haben, doch ohne etwas zu sagen, ließ sie mich anstandslos ins Haus. Meine Füße waren kalt, nass und schmutzig. Ich zitterte am ganzen Körper. Die Frau, sie musste so um die vierzig sein, holte eine Decke und wickelt mich darin ein, hatte viele Fragen auf einmal.

Ich erklärte ihr, dass ein mir unbekannter Pfleger mich mitten in der Nacht zu einer Untersuchung in den OP-Raum bringen wollte, was nirgendwo vermerkt gewesen sei. „Bitte rufen Sie die Polizei! Sie soll den OP-

Raum im Klinikum durchsuchen. Es ist dringend! Ich glaube, im Klinikum werden heute Nacht heimlich Nieren entfernt und das mit oder ohne Einwilligung der Patienten. Die Beamten sollen die Eingänge A und B blockieren. Wichtig ist auch die Notaufnahme! Und sie sollen ohne Sirene kommen, sonst sind alle beteiligten Personen schnell verschwunden, denn es gehören bestimmt mehrere Ärzte und Schwestern zu der Gruppe. Bitte, sie sollen sich beeilen, und lassen Sie sich nicht abwimmeln. Ich bin ihnen nur mit Müh und Not entkommen!"

Die Frau schien mir zu glauben. Während sie bei der Polizeiwache an der Pagenstecher Straße anrief, durfte ich im Wohnzimmer auf einem bereitgestellten Küchenstuhl Platz nehmen. Die Frau hatte wohl Sorge, dass durch mein schmutziges Nachthemd ihr helles Sofa Flecken bekäme. Anschließend ging sie in die Küche und nach wenigen Minuten kam sie mit einer Tasse heißem Tee zurück. Meine Hände zitterten so stark, dass ich die Tasse kaum halten konnte.

Der Tee wärmte mich von innen und beruhigte meine Nerven, dadurch ließen auch die Schmerzen im Bauch etwas nach. Da die Frau bisher hilfsbereit war, traute ich mich und fragte nach, ob ich vielleicht bei ihr duschen und etwas zum Anziehen bekommen könnte.

„Aber natürlich! Ich rufe auch gleich unseren Hausarzt an. Ich sehe ja, dass es Ihnen nicht gut geht."

Fürsorglich begleitete sie mich ins Bad, gab mir ein Handtuch, und bevor sie ging, zeigte sie auf die Duschlotion, die auf der Ablage stand.

Dankend nicke ich ihr zu.

Der riesige Badspiegel zeigte mir mein Gesicht. Es war blass und schmutzig, in meinen feuchten Haaren hingen Gras und Laub. Ich hätte mich so nicht ins Haus gelassen. Und dann das fleckige, zerrissene Nachthemd! Aber die Fremde hatte wohl Mitleid, glaubte meinen Ausführungen.

Das heiße Wasser tat gut und die starke Anspannung wich allmählich aus meinem Körper. Die Frau hatte mir inzwischen Wäsche, Hose und ein T-Shirt hereingereicht. „Wird wohl etwas zu groß für Sie sein."

„Macht nichts! Hauptsache, ich habe etwas an." Die dicken selbst gestrickten Socken wärmten meine Füße.

Als ich ins Wohnzimmer ging, läutete es an der Tür. Erschrocken zuckte ich zusammen.

„Keine Angst, das wird unser Hausarzt sein!" Beruhigend sah mich die Frau an und öffnet die Tür. ‚Hoffentlich hat sie recht!'

Es war tatsächlich der Hausarzt der Familie. Ich zeigte ihm meine Hände, in denen ein paar Metallsplitter vom Balkonstützrohr steckten. Vorsichtig zog er sie mit einer Pinzette heraus, desinfizierte die Handflächen und verband sie mit einer Mullbinde. Er sah sich auch die Kratzer an meinem Bauch an, die er säuberte und ebenfalls desinfizierte, anschließend mit einem großen Pflaster abdeckte.

Nachdem ich dem Arzt meine eigenartige Krankengeschichte berichtet hatte, bot er mir an, mich zusammen mit dem inzwischen aufgestandenen Hausherrn zum Krankenhauseingang zu begleiten, um nachzusehen, ob die Polizei vor Ort wäre. Die beiden Männer waren sehr kräftig, trainierten gemeinsam seit Jahren im Judoverein, wie sie mir versicherten, sodass sie mich im Notfall beschützen könnten.

So ein großes Aufgebot an Polizeifahrzeugen hatte ich bislang allenfalls bei einem Spiel des VfL Osnabrück gesehen. Alles war hermetisch abgeriegelt. In den Gesichtern meiner beiden Begleiter sah ich Erstaunen. So, als ob sie meine Geschichte erst jetzt für real hielten. Ich konnte es ja selbst kaum glauben, doch es musste stimmen. Denn soeben wurden ein paar in Weiß gekleidete Personen in Handschellen von einigen Polizeibeamten abgeführt.

Meine Begleiter erkundigten sich bei dem Beamten an der Kliniktür nach dem Einsatzleiter, erklärten ihm, dass der Hinweis von mir gekommen sei.

„Ich bringe Sie zu ihm. Bitte, folgen Sie mir!"

„Was wollen Sie denn?" Genervt blickte uns der Einsatzleiter entgegen. Ich entschuldigte mich für die Störung und erklärte ihm, dass ich die Person sei, die den Tipp gegeben hätte.

Er schnaufte ein paar Mal, wurde dann aber zugänglicher und berichtete uns: „Als wir diesen Raum stürmten, waren die Entnahmen der Nieren an zwei Patienten gerade beendet. Beide liegen inzwischen auf der Intensivstation und werden dort ordnungsgemäß behandelt. Der eine ist ein junger Albaner, der für seine intakte Niere Geld bekommen hat, damit seine Ehefrau nach Deutschland einreisen kann."

Ich berichtete dem Beamten, dass ich auch um ein Haar auf dem OP-Tisch gelegen hätte und nur unter äußerster Anstrengung entkommen sei.

„Wir haben diese Leute schon länger in Verdacht, konnten ihnen aber bislang nichts beweisen. Der Handel mit Organen, speziell mit Nieren, ist eine lukrative Angelegenheit, denn reiche Kranke zahlen teilweise hohe Summen für eine Spenderniere. Mich wundert nur, dass der Klinikleitung diese nächtlichen Sonderschichten nicht aufgefallen sind."

„Vielleicht gehört einer von denen mit zu dieser Organisation, anders kann ich es mir nicht vorstellen", meinte der Hausarzt, der mich begleitete.

„Unsere weiteren Nachforschungen werden sicher dazu führen, dass der Fall lückenlos aufklärt wird und alle, die damit zu tun haben, zur Rechenschaft gezogen werden." Dann wandte sich der Beamte an mich und sagte: „Bitte melden Sie sich morgen bei uns, damit wir Ihre Zeugenaussage aufnehmen können."

Dass meine rothaarige Lieblingsärztin auch zu den Tätern gehörte, traf mich doch sehr. Besonders abscheulich fand ich, dass sie bei mir und den anderen Patienten den Verdacht auf Krebs äußerte, so unsere Ängste schürte, damit wir als betroffene Patienten freiwillig einer Nierenentfernung zustimmen würden, sie dafür aber reichlich Geld kassieren konnte.

Gaunerschicksal

Ede Kaminsky saß hinter dem mit Fell bezogenen Lenkrad eines schwarzen BMW und schaute prüfend am dicht bewachsenen Straßenrand entlang. ‚Das geht', dachte er, hielt den Wagen an, ließ ihn mit laufendem Motor stehen, schnappte sich den gefüllten Baumwollbeutel vom Beifahrersitz, sprang hinaus und lief eilig hinter die dicke Kastanie, die nur ein paar Schritte vom Bürgersteig entfernt stand. Die enorme Nervenanspannung war ihm auf die Blase geschlagen. „Ich glaube, ich werde zu alt für diesen Job." Schnaufend ließ er den Beutel fallen und riss den Reißverschluss seiner blauen Jeans auf.

Zur gleichen Zeit beendete Vlady Semenko etwas früher als sonst seinen abendlichen Deutschkurs an der Volkshochschule in Osnabrück. Weil er sich erkältet hatte, lief ihm heute ständig seine Nase. Schniefend schlenderte er zur nahe gelegenen Bushaltestelle am Heger Tor, meckerte dabei über das Arbeitsamt, das ihn zu diesem Kurs mehr oder weniger gezwungen hatte, suchte umständlich nach einem Papiertaschentuch, schnupfte hinein und warf das Tuch ohne zu überlegen ins Gebüsch. Da er dem weggeworfenen Taschentuch hinterherschaute, lief er mit voller Wucht gegen die offen stehende Tür des BMW und heulte auf: „Verdammte Scheiße. Bist du irre?“ Fluchend rieb er sein Knie, bückte sich und wollte dem Fahrer eine Ohrfeige verpassen. Erstaunt sah er, dass niemand im Wagen saß, der Schlüssel aber im Zündschloss steckte.

Blitzartig dachte er: ‚So eine Gelegenheit kommt nie wieder!’ Schnell setzte er sich hinein, warf die Tasche mit dem Lehrbuch ‚Deutsch für Anfänger’ auf den Beifahrersitz, knallte die Tür zu und fuhr mit quietschenden Reifen davon.

Als Ede Kaminsky das Geräusch hörte, traf ihn fast der Schlag. Er bekam gar nicht schnell genug den Reißverschluss seiner abgewetzten Jeans zu, griff nach dem Baumwollbeutel und lief aufgebracht zur Straße. Entsetzt sah er, wie sich die roten Rückscheinwerfer seines Wagens entfernten, immer kleiner und kleiner wurden.

Heftig atmend stampfte er mit dem Fuß auf und schimpfte sich selbst: „Idiot!“ Doch dann hellte sich sein Gesicht auf und strahlend dachte er: ‚Mensch Ede, so'n Glück hatt'ste noch nie. Erst klappt's mit 'nem Überfall und dann entsorgt so'n Blödmann deine Karre.' Grinsend rieb er sich die Hände und begab sich gemächlich zur Bushaltestelle Richtung Saarplatz.

Den Baumwollbeutel noch immer fest umklammernd, griff Ede mit der anderen Hand in die Innentasche seiner Jacke und tastete nach dem größten und schönsten Stück seiner Beute, einer Halskette aus Platin. Die Kette war eine Leihgabe irgendeines Barons von Hühnerfeld, die morgen Nachmittag im Juweliergeschäft Schmuckmeyer am Nikolaiort zugunsten der Antialkoholiker-Vereinigung versteigert werden sollte. Das große Reklameposter an der Eingangstür des Geschäfts hatte Ede zufällig vor etlichen Tagen entdeckt, es als einen Wink des Schicksals gedeutet und seine grandiose Idee heute in die Tat umgesetzt.

Am nächsten Morgen frühstückte er ganz gemütlich, zog sich dann in aller Ruhe an, marschierte zum Kiosk und kaufte sich die Tageszeitung. Auf der dritten Seite fand er den von ihm gesuchten Artikel.

„Auto- und Schmuckdieb gefasst!

Wie die Polizei mitteilte, wurde gestern Abend gegen 20 Uhr ein als gestohlen gemeldeter schwarzer BMW bei einer Polizeikontrolle auf der Hannoverschen Straße in Osnabrück entdeckt. Der Fahrer wurde nach einem Fluchtversuch festgenommen und auf das Polizeirevier gebracht." In der Pressemitteilung der Polizei hieß es weiter: „Es handelt sich wahrscheinlich um denselben Mann, der gestern Abend das Juweliergeschäft in der Innenstadt überfallen hat. Bislang streitet der Täter den Überfall vehement ab, aber die Beweislage ist eindeutig. Hinter dem Fahrersitz fand die Spurensicherung eine Schreckschusspistole, einen grauen Regenmantel, eine schwarze Strumpfmaske und schwarze Vlieshandschuhe mit Klettverschluss, an die sich der überfallene Juwelier genau erinnern konnte. Wo sich die erbeuteten Schmuckstücke befinden, konnte noch nicht ermittelt werden.

Schadenfroh klemmte sich Ede die Tageszeitung unter den Arm und marschierte zurück in seine Wohnung.

Ich hatte einen Schutzengel

Als Lukas geräuschvoll die Haustür unserer Villa hinter sich schloss und mit dem Auto zum Büro fuhr, atmete ich erleichtert auf. Heute blieb mir Gott sei Dank erspart, für ihn Mittagessen zu kochen, denn er hatte um zwölf Uhr einen wichtigen Termin in der Firma. Es genügte, wenn seine Sekretärin ihm eine Gemüsepizza vom Italiener holte.

‚Soll sie doch', dachte ich trotzig.

Keiner konnte mir unterstellen, dass ich nicht gerne kochte. Es machte mir sogar Spaß, für mich allein etwas zuzubereiten. An meinen leckeren Gerichten war nie etwas auszusetzen. Selbst meine hochnäsige Schwiegermutter lobte mich immer und das hieß schon was.

Trotzdem stocherte Lukas in der letzten Zeit oft geistesabwesend im Essen herum. Wenn ich ihn darauf ansprach, meckerte er: „Das Essen schmeckt nicht. Koch endlich etwas Vernünftiges. Du bekommst doch genügend Haushaltsgeld! Wofür gibst du es bloß aus? Bestimmt treibst du dich mit deiner Freundin nachmittags im Café herum!"

Meistens begann ich zu weinen, was die Situation nur noch verschlimmerte. Wieso machte ich dauernd alles falsch? Ich verstand es nicht. Und warum hatte er sich nach unserer Hochzeit so verändert? Ob die starke Beanspruchung im Beruf daran schuld war? Neuerdings musste er sogar an den Wochenenden dringende Arbeiten im Büro erledigen. Total müde und abgeschlafft kam er oft erst spät abends nach Hause.

Da ich heute Mittag nicht für ihn kochen musste, wollte ich die Zeit nutzen, um das Wohnzimmer gründlich zu putzen. Gestern Abend war mir aufgefallen, dass er mich abschätzend ansah und dann verächtlich und angewidert seinen Blick durchs Zimmer schweifen ließ. Dieser Blick, er tat mir sehr weh. Aber ich traute mich nicht, ihn darauf anzusprechen. Der Abend hätte dann wieder mit einem Streit geendet wie so viele, viele vorher.

Ich schüttelte den Kopf, wollte nicht mehr daran denken, strich mir meine langen Haare hinter die Ohren und begab mich ins Wohnzimmer.

Zuerst räumte ich unseren dunklen Mahagonischrank aus, brachte das gute Geschirr und die Gläser in die Küche und spülte alles mit der Hand ab. Die langstieligen Sekt- und Weingläser polierte ich so lange, bis sie funkelten und glänzten. Einige von ihnen waren schon sehr alt. Als junges Mädchen hatte ich sie so nach und nach von meinem Lehrlingsgeld gekauft. Sie gefielen mir immer noch, obschon echte geschliffene Kristallgläser heute unmodern waren. Mein Mann betonte es jedenfalls des Öfteren.

Mit einem feuchten Tuch wischte ich den Schrank aus und stellte alles wieder zurück an seinen Platz. Als Nächstes kamen die flauschigen Berberteppiche an die Reihe. Dafür öffnete ich die breite Schiebetür zur gepflasterten Terrasse, schleppte die schweren, handgeknüpften Teile nach draußen, wuchtete sie über die dicke Teppichstange und klopfte sie gründlich aus. Dabei musste ich an meine ältere Schwester Gaby denken, hörte sie deutlich sagen: „Warum machst du das, Sarah? Sie sind doch überhaupt nicht schmutzig. Die viele Arbeit hättest du dir sparen können." Vielleicht hatte sie recht, aber gefühlsmäßig kamen sie mir jetzt sauberer vor.

‚Gaby hat es gut', dachte ich. ‚Sie lebt allein, braucht sich niemandem unterzuordnen und verdient ihr eigenes Geld als Sekretärin bei der Uni in Osnabrück.'

Kurz nachdem Lukas und ich dieses Haus, diese Villa gekauft hatten, war Gaby einmal bei uns zu Besuch gewesen. Sie wollte endlich den tollen Ehemann, den sich die kleine Schwester geangelt hatte, kennenlernen. Der Abend endete mit einem Fiasko, denn dieser ach so tolle Mann warf meine liebe Schwester aus dem Haus. Sie hatte es tatsächlich gewagt, ihm zu widersprechen, außerdem hatte sie sich über seine Pedanterie und übertriebene Sauberkeit lustig gemacht.

Anschließend bekam ich meine erste Strafpredigt. Mit hochrotem Kopf schrie er: „Ich verbiete dir, jemals wieder jemanden aus deiner primitiven und vorlauten Verwandtschaft in mein Haus einzuladen."

Seitdem begutachtete er alle meine Freundinnen. Nur eine war übrig geblieben, die er für angemessen hielt. Eingebildeter Fatzke!

Leider hatte ich Lukas beim Hauskauf mein Erbe, nicht gerade wenig Bargeld von meiner verstorbenen Mutter, gegeben, damit wir uns das neue Heim leisten konnten. Es lag nämlich am Westerberg, in einer der teuersten Wohngegenden, im Süden von Osnabrück.

„Genau das Richtige für mich“, wie Lukas stets betonte. Bedauerlicherweise vergaß er immer, dass eine Hälfte des Hauses mir gehörte. Und ich, ich wagte nicht, ihn daran zu erinnern.

Als in der ersten Etage, im Arbeitszimmer meines Mannes, das Telefon klingelte, schrak ich zusammen, langte wieder in der Gegenwart an. Eilig lief ich die steile Marmortreppe hinauf, betrat das Zimmer und nahm den Hörer ab. Am anderen Ende war ein Fräulein Hausmann aus der Firma meines Mannes.

„Entschuldigen Sie, gnädige Frau, aber ich habe von Ihrem Mann den Auftrag bekommen, Sie anzurufen. Würden Sie mir bitte die dicke Akte von der Möbelfirma Kleinert heraussuchen? Sie müsste sich in der mittleren Schublade des Schreibtisches befinden. Lesen Sie mir bitte den Absatz auf der letzten Seite vor und dazu, welche Personen den Kaufvertrag unterschrieben haben.“

Ich nahm das Schriftstück heraus, las das Gewünschte vor und bemühte mich, die drei recht unleserlichen Unterschriften zu entziffern.

„Vielen Dank! Ich bin froh, dass es so gut geklappt hat. Ich werde gleich alles aufzeichnen und an Ihren Mann weiterleiten, da er morgen einen Termin mit einem der Herren in München hat. Nochmals vielen Dank für Ihre Bemühungen, Frau Kleineborger.“

Sorgsam legte ich die Unterlagen zurück und schloss die Schublade. Endlich hatte ich etwas Positives für meinen Mann geleistet. Fröhlich ging ich wieder nach unten und brachte die Teppiche zurück ins Wohnzimmer. Zwischendurch schaute ich auf meine Armbanduhr. Es war schon fast sechs. Ich musste mich beeilen, damit das Abendessen pünktlich auf dem Tisch stand.

Aber heute war ein guter Tag, in der Küche klappte alles auf Anhieb. Jetzt musste ich mich nur noch umziehen, denn Lukas hasste es, wenn ich nicht ordentlich gekleidet war.

In unserem großen Badezimmerspiegel betrachtete ich mein Gesicht. Sonderbar, dass viele Männer mich für attraktiv hielten. Meine Nase war krumm, etwas zu lang geraten, und meine Haut kam mir beinahe durchsichtig vor, fast wie eine Totenmaske. Ich hatte weiter abgenommen, war schon fast zu mager. Außerdem fand ich meine wasserblauen Augen inzwischen viel zu hell für meinen blassen Teint. Sie lagen tief in den Augenhöhlen, sahen irgendwie fremdländisch aus, so als ob meine Vorfahren aus dem hohen Norden stammten und nicht aus Süddeutschland.

Ich beugte mich vor und sah mein Spiegelbild genauer an. Auf der Wange war ein Äderchen geplatzt, und zum Ohr hin zog sich ein leicht bläulich schimmernder, schmaler Streifen.

Vorgestern hatte Lukas zu fest zugeschlagen. Warum rastete er neuerdings immer gleich aus, wenn das Abendessen nicht pünktlich auf die Minute serviert wurde?

Aber es war ja meine eigene Schuld. Ich wusste ja, dass er es auf den Tod nicht ausstehen konnte. Wenn er nach einem langen, anstrengenden Tag im Büro nach Hause kam, wollte er hier wenigstens alles zu seiner Zufriedenheit geregelt haben.

Mein Gott, hoffentlich würde er heute unten vor dem Haus einen Parkplatz finden. Seit ungefähr vierzehn Tagen war die Zufahrt zur Garage nicht möglich. Der Bürgersteig war aufgerissen worden. Neue Stromkabel sollten verlegt werden, aber wegen des ständigen Regenwetters zogen sich die Bauarbeiten in die Länge. Wenn Lukas etwas später aus dem Büro kam, gab es manchmal vorne an der Straße weit und breit keinen freien Platz mehr und er war schon schlecht gelaunt, wenn er die Haustür aufschloss. Meine einzige Rettung war immer die Mikrowelle, in der ich das Essen schnell wärmen konnte, ohne dass er es bemerkte.

Ich riss mich zusammen, konzentrierte mich auf mein Gesicht: Etwas Make-up über die Wangen, einen Hauch Lippenstift, nur nicht zu viel, denn das gehörte sich nicht für eine brave Hausfrau.

Ein Blick auf die Uhr. Wo blieb er heute nur?

Lukas war groß, mittelschlank und für seine fast fünfzig Jahre sah er immer noch sehr gut aus. Sein volles, leicht welliges Haar war letzte Woche der Schere zum Opfer gefallen. Dieser neue, jugendliche Kurzhaarschnitt gefiel mir überhaupt nicht. Aber bitte, wenn er sich so wohler fühlte! Stets trug er einen modischen, dunklen Anzug, ein weißes Hemd und dazu eine dezent gestreifte Krawatte.

Endlich hörte ich ihn. Als er die Haustür hinter sich schloss, ging ich ihm im Flur entgegen, um ihn zu begrüßen. Ich gab ihm einen Kuss auf die Wange und fragte. „Wo bist du nur so lange gewesen?“ Im gleichen Augenblick wurde mir klar, dass ich das nicht hätte fragen sollen, aber es war mir einfach so herausgerutscht.

„Was soll das heißen, wo ich gewesen bin? Was denkst du denn, wo ich war?“

„Na ja, es ist spät. Ich habe gedacht ... Nein, ich habe mir Sorgen gemacht!“

„Du hast dir Sorgen gemacht? Na prima.“

„Aber ich habe gedacht ...“, mitten im Satz hörte ich auf zu sprechen, weil ich merkte, dass es nur noch schlimmer wurde.

„Na klasse, du hast dir was gedacht. Du hast dich tatsächlich angestrengt. Ich weiß das zu schätzen, aber ich bin am Verhungern. Lass uns endlich essen!“

Ich wandte mich in Richtung Küche und rief: „Das Essen wird in ein paar Minuten serviert!“

Wütend schnaufte er hinter mir her: „Was soll das heißen, ein paar Minuten? Ich schufte den ganzen Tag für uns, komme nach Hause und das Abendessen ist nicht fertig.“

„Doch. Es ist fertig. Ich muss es nur noch kurz aufwärmen. Woher sollte ich denn wissen, dass du heute so spät nach Hause kommst?“

Aus den Augenwinkeln sah ich, wie er ärgerlich die Zähne zusammenbiss.

Ich betrat die Küche und um ihn versöhnlicher zu stimmen, öffnete ich die Kühlschranktür, entnahm ihm die letzte kalte Bierflasche, füllte den Inhalt in ein Glas und brachte es ihm. „Trink erst einmal etwas, ich bin gleich so weit."

Er blickte auf das Glas und sagte erbost: „Erzähl mir nicht, was ich tun soll. Den ganzen Tag liegen mir die Kunden in den Ohren mit ihren Ansichten und Meinungen über Dinge, von denen sie keine Ahnung haben. Jetzt fängst du auch noch an. Schluss damit, klar?"

„In Ordnung. Es tut mir leid." Ich drehte mich um und verschwand in die Küche.

Lukas ging ins Wohnzimmer und schaltete den Fernseher ein. Ich hörte, wie er laut sagte: „Nicht einmal ein vernünftiges Bier kann sie einschenken. Es ist viel zu kalt. Ich verderbe mir damit bestimmt den Magen. Sarah ist einfach zu blöde, aber vielleicht schafft sie es, zum Abendessen eine neue Flasche von oben aus dem Abstellraum zu besorgen."

Ich hörte, wie er ins Treppenhaus ging, aber kurz darauf wieder die Tür zum Wohnzimmer hinter sich schloss. Um ihn nicht ganz zu verärgern, verließ ich zwischendurch die Küche, lief die Treppe hinauf, um für das Abendessen eine neue Bierflasche mit Zimmertemperatur aus dem Abstellraum zu holen. Schrecklich! Nie konnte man es ihm recht machen. Dabei hatte ich es doch gut gemeint, als ich die Flasche in den Kühlschrank legte.

Der Wecker der Mikrowelle erinnerte mich an das Abendessen. Schnell ergriff ich eine Bierflasche und lief zurück.

Auf dem letzten Treppenabsatz passierte es. Ich rutschte auf der Marmorstufe aus, fiel hintenüber und schlug mit dem Kopf auf die Kanten der höher liegenden Stufen. Sterne flimmerten vor meinen Augen. Ich wollte schreien, aber es wurde nur ein leises Röcheln.

Im selben Moment wurde die Wohnzimmertür aufgerissen. „Wo bleibt mein Essen, Sarah?

Als er mich auf der Treppe liegen sah, meinte er höhnisch: „Du bist nicht einmal imstande, vernünftig die Treppe herunterzugehen? Steh gefälligst auf und gib Antwort!“ Dann kam er näher und sagte spitz: „He, du blutest ja am Kopf. Sieh nur, die ganze Treppe wird schmutzig. Du weißt doch, dass Blutflecken so schlecht abzuwischen sind.“

Ich merkte noch, wie er mich mit dem Fuß berührte, leicht anstieß. Wahrscheinlich wollte er feststellen, ob ich schon tot war. Ich versuchte, die Hand zu heben, aber es ging nicht. Es wurde dunkel um mich herum, so, als hätte jemand ein schwarzes Rollo vor meine Augen gezogen.

Lukas musste wohl den Notarzt angerufen haben, denn ich kam erst in der Paracelsus-Klinik an der Sedanstraße wieder zu mir. Liebevoll strich mir eine Schwester die Haare aus der Stirn und sagte: „Sie haben nur eine starke Gehirnerschütterung und ein paar Prellungen am Rücken, Frau Kleinebörger. Bitte bewegen Sie sich möglichst nicht. Bleiben Sie ganz ruhig liegen! Übrigens, Ihr Mann hat Ihnen eine Nachricht hinterlassen. Soll ich sie vorlesen?“

Zustimmend nickte ich.

„Hallo Sarah, komme dich am Freitag besuchen. Muss für ein paar Tage nach München, Lukas.“

Auch das noch! Durch meine Ungeschicklichkeit bereitete ich ihm erneut Stress und Arbeit. Er musste Wäsche und Kleidung zusammenlegen, seinen Koffer selbst packen. Und schon hatte ich wieder ein schlechtes Gewissen. Besonders da ich es in den darauffolgenden Tagen genoss, von den Schwestern ein wenig verwöhnt zu werden.

Dann passierte etwas Schreckliches. Meine Freundin Lena, die sich jeden Tag eine Stunde bei mir aufhielt, mir etwas vorlas und den neuesten Tratsch berichtete, versuchte, es mir einigermaßen schonend beizubringen.

„Ein Flugzeug ist abgestürzt."

„Was für ein Flugzeug ist abgestürzt?"

„Na ja ...", druckste sie herum, nahm meine Hand und sagte dann in einem Atemzug: „Das, womit dein Mann nach München geflogen ist. Er hatte nicht so einen Schutzengel wie du. Er ist tot."

Stumm sah ich sie an. Konnte es nicht fassen.

„Ach, sei froh, dass du ihn endlich los bist. Ich habe doch gesehen, wie er dich immer behandelt hat. Jetzt kann ich dir auch sagen, dass er seit geraumer Zeit ein Verhältnis mit der jungen Marie Hausmann hatte, die bei ihm im Vorzimmer saß. Auf seinen vielen Geschäftsreisen nahm er sie immer mit. Und obschon du im Krankenhaus liegst, hat er sie diesmal auch wieder dabei gehabt."

Es war ein komisches Gefühl. Ich konnte weder Mitleid noch Trauer empfinden. Dachte nur, dass es wohl die ausgleichende Gerechtigkeit wäre für das, was er mir in den letzten Jahren angetan hatte.

Durch die Nachforschungen meiner Unfallversicherung stellte sich später heraus, dass Lukas meinen Sturz geplant hatte, und zwar in der Hoffnung, dass ich dabei sterben würde. Bei der sorgfältigen Überprüfung des Unfallortes fanden Polizeibeamte auf der hellen Marmortreppe und unter meinen Lieblingspumps Reste von Schmierseife sowie seine Fingerabdrücke. Die schwarzen Schuhe, die ich in der letzten Zeit immer getragen hatte, hatte Lukas wohl morgens mit Seife eingerieben, und als ich am Abend in der Küche war, nutzte er die Gelegenheit, um die Treppe mit Wasser einzusprühen. Denn er wusste ganz genau, wenn er so laut schimpfen würde, dass ich es mitbekäme, würde ich nach oben laufen und ein paar Flaschen Bier mit Zimmertemperatur herunterholen.

Für die Staatsanwaltschaft kam diese Erkenntnis leider zu spät. Das Schicksal war schneller gewesen, hatte umgehend das Todesurteil über Lukas verhängt.

14:30 Uhr

„Hier ist Radio Osnabrück mit näheren Informationen zum Überfall auf die Bankfiliale an der Heinrich-Heine-Straße: Verlassener VW Polo im Wallenhorster Forst aufgefunden und sichergestellt. Die Täter haben den dunkelblauen Wagen am Straßenrand stehen lassen und sind mit der Beute geflohen. Wahrscheinlich haben sie einen vorbeikommenden Autofahrer gezwungen, sie mitzunehmen.

Wir bitten unsere Hörer um erhöhte Aufmerksamkeit, da sich die Täter noch in unserem Sendegebiet aufhalten.

Falls jemand nähere Angaben zu dem Überfall machen kann, wende er sich an die nächste Polizeidienststelle. Die Telefonnummer lautet: 334456. Ich wiederhole 3 3 4 4 5 6. Und nun geht es weiter mit der neuesten Aufnahme von Jürgen Dreier: ‚Stell dich nicht so dumm an, nimm alles, wo du kommst, ran ...'

Wie ich soeben aus der Regie höre, gibt es ein technisches Problem mit dem Titel. Stattdessen hören Sie den Kultschlager ‚Kriminaltango' von Hazy Osterwald aus dem Jahr 1959."

15:30 Uhr

„Hier ist wieder Radio Osnabrück: Wir unterbrechen unsere Sendung für ein Interview, das unsere Reporterin Angelika Müller-Breitgang mit dem Leiter der überfallenen Bankfiliale, Doktor Herbert Lutz, geführt hat.

‚Herr Lutz, was sagen Sie zu dem dreisten Überfall?'

‚Was soll ich dazu sagen, es ging alles so schnell. Ehe wir es richtig wahrgenommen hatten, war der ganze Spuk vorbei.'

‚Richtig, der Überfall dauerte nur wenige Minuten.'

‚Ja, Frau Stockmeier, unsere langjährige Kassiererin, wurde von einem der Täter mit der Pistole bedroht und musste alles Geld in einen braunen Jutesack werfen. Der schreckliche Überfall hat sie völlig aus der Bahn geworfen. Im Anschluss an die polizeilichen Befragungen habe ich sie sofort nach Hause geschickt, ihr geraten, den Jahresurlaub zu nehmen, damit sie sich von dem furchtbaren Schock erholen kann.'

‚Herr Doktor Lutz, was schätzen Sie, wie viel Geld haben die Gauner erbeutet?'

‚So genau kann ich das im Moment nicht sagen. Es könnten so um die 27.000 Euro gewesen sein. Meine Mitarbeiter machen gerade einen Zwischenabschluss.'

‚Ja, liebe Hörer, das war Doktor Herbert Lutz von der Stadtbankfiliale, der noch ganz unter dem Schock des dreisten Überfalls steht. Sobald wir etwas Neues erfahren, melden wir uns wieder ...'

Das, liebe Hörer, war das Interview mit dem Chef der Stadtbankfiliale, das er uns kurzfristig gewährte. Weiter geht es mit dem Schlager Ba-ba-Banküberfall von der österreichischen Pop-Rock-Band ‚Erste Allgemeine Verunsicherung'. Danach hören Sie einen Bericht über die Lage im Nahen Osten."

„Es ist jetzt 17 Uhr. Hier ist Radio Osnabrück mit den Kurznachrichten und dem Wetterbericht für die nächsten Tage. Wie Sie aus unseren Einblendungen erfahren haben, ist kurz vor 13 Uhr die Stadtbankfiliale an der Heinrich-Heine-Straße in Osnabrück von zwei Männern überfallen worden. Mit vorgehaltener Pistole drangen die beiden Räuber in das Gebäude ein. Sie zwangen die ältere Kassiererin, alles Geld in einen großen, braunen Sack zu werfen. Fluchtartig verließen sie dann die Bank und flohen laut Aussage eines Passanten mit einem dunkelblauen VW Polo in Richtung Wallenhorst, Bramsche. Inzwischen wurde der Wagen von einem Spaziergänger verlassen am Straßenrand aufgefunden und von der Polizei sichergestellt.

Zur Täterbeschreibung gibt es folgende Angaben: zwei junge Männer, etwa 22 bis 28 Jahre alt, zirka ein Meter achtzig groß. Beide waren vollschlank und trugen verwaschene blaue Jeanshosen. Der kleinere der beiden Männer trug einen dunkelblauen Anorak, der andere eine sogenannte braune Bomberjacke. Beide waren mit Pudelmützen maskiert, in die sie Sehschlitze geschnitten hatten. Bei den Tätern handelt es sich wahrscheinlich um Ausländer, da sie mit starkem Akzent sprachen.

Und nun zum Wetter: Es bleibt weiterhin kalt und regnerisch und in den Abendstunden muss mit dichtem Nebel gerechnet werden. Die Temperaturen sinken bis auf 10 Grad.

Nochmals zurück zum Bankraub: Nach Auswertung der Bilder der Überwachungskamera in der Bankfiliale kann die Täterbeschreibung genauer gegeben werden. Auf dem blauen Anorak des kleineren Mannes befinden sich seitwärts auffallende, schräg angeordnete lila Streifen. Außerdem kam die Spurensicherung zu dem vorläufigen Ergebnis, dass die beiden jugendlichen Gangster ihre Flucht mit BMX-Fahrrädern, die wohl am Fundort des Autos abgestellt waren, quer durch den Wald fortgesetzt haben. Wer sachdienliche Hinweise auf die Räder oder andere Tatumstände geben kann, wende sich bitte an die hiesige Polizeidienststelle."

„Mit dem Titel ‚Guten Morgen, liebe Sorgen, seid ihr auch schon alle wach' endet unser Nachtprogramm. In wenigen Sekunden ist es sechs Uhr. Sie hören die Frühnachrichten: Der gestrige dreiste Überfall auf die Stadtbankfiliale ist aufgeklärt. Noch in den späten Abendstunden konnten die Täter gefasst werden.

Der Hinweis zur Verhaftung der beiden Täter in einem Mehrfamilienhaus im Osnabrücker Stadtteil Schinkel kam von einer älteren Bewohnerin, der zwei völlig verdreckte BMX-Räder verdächtig vorkamen, die an ihrer Garage abgestellt waren. Bei der Vernehmung auf dem Revier gaben beide Männer die Tat sofort zu. Als die Räuber ins Untersuchungsgefängnis gebracht werden sollten, war unsere Reporterin Angelika Müller-Breitgang zur Stelle und befragte die beiden nach dem Grund ihres Überfalls. Hören Sie jetzt den Originalton des jungen Igor S., einem der Täter.

‚Deutsche Freunde immer haben Geld. Ich nie! Ich mir gedacht, wenn du machst Banküberfall, einfacher ist mit Kumpel. Wir zu Hause gleich geteilt Beute von 25.000 Euro und versteckt. Aber Polizei gut, gefunden uns und Geld. Sagen aber, dass 2.000 Euro fehlen. Weiß nicht, wo geblieben. Wir nicht haben. Ich schwören auf Grab meiner Mutter und nie mehr machen Banküberfall! Wir zu blöd für Laufbahn kriminelle. Bereuen alles und wollen anfangen vernünftiges Leben!'

Bei uns geht es nun weiter mit Elvis und seinem ‚Jailhouse Rock', einem Hit aus dem Film ‚Rhythmus hinter Gittern', der 1957 gedreht wurde. Anschießend hören Sie einen Kommentar zur Landespolitik ..."

Mittlerweile saß Fräulein Annemarie Stockmeier im Superjumbo, einem Großraumflugzeug Marke Airbus A 380, Linienflug Frankfurt – Toronto. Am Abfertigungsschalter hatte sie einen der vorderen Fensterplätze zugewiesen bekommen. Nun schaute sie ängstlich nach unten auf die endlose grau-grüne Wasserfläche des Atlantischen Ozeans und dachte: ‚Hoffentlich geht alles gut!'

Niemand hatte bemerkt, dass sie beim Überfall heimlich etwas von dem Geld abgezweigt und in ihre eigene Tasche hatte fallen lassen. Genau 2.000 Euro. Gerade so viel, dass sie damit diesen Flug bezahlen konnte, um endlich, nach 30 Jahren, ihre einzige Schwester auf der Farm in Kanada, in der Nähe des Ontariosees, besuchen zu können.

Hatte sie ein schlechtes Gewissen? Nein, eigentlich nicht, und statt weiter nach unten in die Tiefe zu schauen, schloss Fräulein Annemarie lieber die Augen und lauschte der Musik aus dem Bordlautsprecher: ‚Über den Wolken muss die Freiheit wohl grenzenlos sein. Alle Ängste, alle Sorgen, sagt man, blieben darunter verborgen und dann würde das, was groß und wichtig erscheint, plötzlich nichtig und klein.'

Ja, Osnabrückerinnen haben manchmal ihre eigene Auffassung von Recht und Moral …

Urlaub, Sonne, Meer! Was gibt es Schöneres, als von warmen Sonnenstrahlen wachgekitzelt zu werden. Elegant werfe ich die dünne, geblümte Bettdecke zur Seite und springe hinaus aus den Federn.

Mit schwungvollen Schritten betrete ich den Balkon, frische Meeresbrise einatmen, den Blick schweifen lassen über grüne, wedelnde Palmenzweige bis hin zum weißen Vogelsandstrand. Raunend schlagen kleine, gischtende Wellen ans flache Ufer, glitzern im gleißenden Licht der rötlich schimmernden Inselmorgensonne. Darüber ein sich wölbender, azurblauer Himmel, der am fernen Horizont das tiefblaue Meer berührt.

Der lauwarme Wind versteckt den winzigen Rest der weißen Federkinderwolken hinter kahlen, zerklüfteten Geröllbergen. Graue, schlafende Riesen auf feurig heißem Lavagrund, dahinter, im Geisternebeldunst, die tobende, brausende Brandung der steilen Westküste.

Wohlig wandert mein Blick zurück, gleitet nach unten auf die mit hohen Palmen bepflanzte Terrasse. Dort befindet sich eine bunte, wogende Ansammlung von Menschen: Hawaii-Hemden neben Itzi-bitzi-mini-Bikinis, Buddha-Bäuche unter dicken weißen Frotteemänteln, schüttere graue Haare umkreist von roten und blonden auf- und abwippenden Lockenköpfen.

Und da ...! Ein großer, kräftiger Mann im grünbraunen Tarnanzug mit dunkler Fielman-Sonnenbrille sucht Körperkontakt zu einer Dame.

Babylonisches Stimmengewirr vor grün gestrichener, stabiler Maschendrahtpforte dringt zu mir hoch. Affen vor dem Poolparadies-Käfig? Eine besondere Spezies Mensch. Überwiegend männlich, von einem Birkenstockfuß auf den anderen wechselnd, bewaffnet mit dicken, aufgerollten Hotel-Handtüchern, bereit für den anstehenden Sonnenliegenkampf.

„Auf die Plätze, fertig, los ..." Die grüne Maschendrahtpforte zum rot gepflasterten Schlachtfeld ist geöffnet.

„Schau mal, da sind sie wieder, diese nackten, haarigen Wesen", ächzen die Plastikklappliegen im Superschwergewichtsrausch und hohe Stapel blauer, daunenweicher Schaumstoffpolsterunterlagen lechzen nach gierig greifenden Händen.

„Kommt zu mir, zu mir", flüstert das frisch gechlorte, warme Badewannenpoolwasser.

Da ... Ein gellender Aufschrei, der röchelnd endet! Erschrocken zucke ich zusammen und sehe mitten in der wie Ameisen wimmelnden Menge das hilflose Opfer. Hingemäht durch den heimtückischen Tritt des Hintermannes auf den weißen Hacken der wasserdichten Salamandermassagesandalette liegt blutbefleckt der Alabasterkörper einer Frau vor einem riesigen Keramiktopf mit grüner Stechpalme.

Walküre aus Lohengrin? Nein, es ist die korpulente Lieselotte aus Osnabrück, ein immer und überall nörgelndes Ehefrauputtengesicht.

Wie angewurzelt bleibt die sturmerprobte Meute stehen. Eine Drehung im Zeitlupentempo, Blick auf das fürchterliche Geschehen, während am samtblauen Himmel zwei einsame weiße Möwen langsam ihre vertrauten Kreise ziehen und die Sonne ihr strahlendes Gesicht mit dunklen Spinnennetzwolken verhüllt.

Die angewiderte Meute ahnt Schreckliches! Der herbeigerufene, noch halb schlafende Ehemann Herbert stimmt aufschreiend Klagelieder vor der niedrigen Blumenbeet-Umfassungsmauer an.

Keiner der heimlichen Frühaufsteher rührt sich. Es herrscht allgemeiner Handtuchwaffenstillstand.

Buddha-Bauch, Hawaii-Hemd und weißer Frotteemantel schleppen die arme Lieselotte zur nächsten Poolaussichtsbank. Da liegt sie nun wie ein barocker Engel, starrt mit braunen gebrochenen Käthe-Kruse-Puppenaugen zum blauen Himmel, als wäre sie der einzige Asylbewerber für die himmlischen Gefilde.

Mini-Bikinis, schüttere graue Haare und farbig wippende Lockenköpfe umkreisen sie, schnatternde, besserwissende Sonnenanbeteraffen.

Nur einer fehlt in der aufgewühlten Menge. Unauffällig wie ein Chamäleon entschwindet er durch eine kleine schmale Lücke in der hohen Hecke, einer naturalistischen Fluchtverhinderungsanlage aus dicken Feigenkakteen. Der Tarnanzugplan mit dem angeheuerten Killer hat funktioniert. Mein Freund Herbert ist unverhofft Witwer geworden und wenn mich niemand verrät, bin ich bald seine neue, angetraute Ehefrau.

Geheiratet wird in St. Marien, natürlich ganz in Weiß.

Der nackte Mann auf dem Bett

Der Wagen stotterte, rollte aus und blieb stehen. Andrea und Guido Heppelmann sahen sich an. War ihr alter VW Polo jetzt endgültig hin? Guido versuchte, ihn neu zu starten, aber er sprang nicht an.

„Wir müssen sehen, dass wir einen Abschleppwagen bekommen."

„Um diese Zeit?" Andrea sah auf ihre Armbanduhr. Es war fast Mitternacht. „Was soll's", meinte sie dann, „übernachten wir eben im Auto. Es ist doch Sommer."

„Du spinnst wohl. Was glaubst du, was mein Chef sagt, wenn ich morgen früh nicht pünktlich im Büro erscheine?" Guido war sauer, stieg aus und schaute sich um.

Am Waldrand lag ein altes Herrenhaus. Im diffusen Licht der Dämmerung, dem aufkommenden, wabernden Nebel vom Fluss her, wirkte es fast gespenstisch.

„Was meist du, Andrea? Soll ich dort mal hingehen? Vielleicht ist noch jemand wach und lässt mich telefonieren. Ist auch zu dumm, dass ich mein Handy vergessen habe."

„Versuchen kannst du es ja."

Guido schmiss die Autotür zu und marschierte los.

Andrea schaltete derweil das Autoradio an, lehnte sich gemütlich zurück und wartete, wartete ...

Endlich kam Guido angerannt, riss die Tür auf und ließ sich auf den Sitz fallen

„Mein Gott, wie siehst du denn aus?" Besorgt sah Andrea ihn an.

Guido schwieg. Ärgerlich knuffte sie ihn in die Seite: „He, redest du nicht mehr mit mir? Was ist los? Nun sag schon!"

„Frag nicht so viel. Versuch, das Auto zu starten. Wir müssen hier sofort weg." Guido beugte sich zu ihr herüber und sah auf das Armaturenbrett. „Verdammter Mist! Hast du nicht gesehen, dass der Tank leer ist?"

„Tatsächlich? Das tut mir leid!" Schuldbewusst verzog Andrea das Gesicht. Dann fiel ihr ein, dass im Kofferraum ein voller Reservekanister lag. Schnell sprang sie aus dem Auto, rannte nach hinten, nahm den Kanister und füllte das Benzin in den Tankstutzen.

„Los, los! Beeil dich! Wir müssen zur Polizeistation nach Osnabrück. Melden, dass sich im Haus eine Leiche befindet und dass die mich auch umbringen wollten."

„Ist das dein Ernst?"

„Ja sicher. Glaubst du, ich scherze? Sieh zu, dass du endlich fertig wirst. Wir müssen fahren! Ich erzähle dir alles unterwegs."

Andrea schloss den Tankdeckel, warf den Kanister in den Kofferraum, setzte sich ins Auto und startete es. Ohne zu mucken sprang der Wagen an. Guido lehnte sich zurück, atmete tief durch und berichtete seiner Freundin, was vorgefallen war.

„Also ..., ich habe geklingelt. Kurz darauf wurde die schwere Haustür geöffnet und eine bunt gekleidete Frau sah mich fragend an.

Ich berichtete ihr von unserer Panne und fragte sie, ob ich telefonieren dürfe. Sie nickte, nahm mich mit hinein, bot mir Platz an und, ohne mich zu fragen, nahm sie die Weinbrandflasche vom Tisch, goss mir ein Glas ein, reichte es mir und sagte: ‚Eric hat ein Handy. Ich werde es von oben holen.'" Guido holte Luft und erzählte erregt weiter.

„Die Frau war so um die fünfzig, aber aufgetakelt bis zum Geht-nicht-mehr. Sie rauchte eine von diesen komischen braunen Zigaretten, die wie dünne Zigarren aussehen. Und ihre roten Fingernägel ..., wie Raubvogelkrallen! Da die Suche nach dem Handy offensichtlich länger dauerte, stand ich auf und sah mir die alte Standuhr an, die sich hinten in der Diele befand. Dabei entdeckte ich eine verschnörkelte schmale Tür, die nur angelehnt war. Neugierig schob ich sie etwas weiter auf und sah in ein altmodisches Schlafzimmer. Auf der Waschkommode stand ein hoher Silberleuchter mit brennenden Kerzen, die den Raum etwas erhellten. Dann fiel mein Blick auf das breite Bett. Ich zuckte zusammen, stand wie gelähmt da. Stell dir vor, Andrea, mit Handschellen an Armen und Beinen an den Bettpfosten gefesselt lag dort ein nackter, relativ junger Mann. Vorsichtig schlich ich auf Zehenspitzen näher und sah, dass sein ganzer Körper zerkratzt und blutig war, auf Brust und Bauch waren zusätzlich Brandspuren von ausgedrückten Zigaretten zu sehen. Völlig regungslos lag der Mann da und so wie er aussah, hatten sie ihn bestimmt zu Tode gequält."

„Und was hast du gemacht?", erkundigte sich Andrea. Vor Aufregung wäre sie fast über die Bordsteinkante gefahren, konnte aber im letzten Moment das Steuer noch herumreißen.

„Wie unter Hypnose bin ich Schritt für Schritt rückwärts gegangen. Als ich plötzlich einen Druck im Rücken verspürte, hätte ich fast laut aufgeschrien, dachte, es wäre ein Revolver. Aber Gott sei Dank war es nur die blöde Türklinke. Dann hörte ich von oben Wortfetzen, „,... schaffe ich, ... Zeit, ... kurz nach Mitternacht.“ Entgeistert drehte ich mich um und sah, dass die Frau mit brennender Zigarette in der Hand die Treppe herunterkam, sich zwischendurch umdrehte und nach oben rief: ‚Ich mache ihn jetzt endgültig fertig. Es wäre doch gelacht, wenn ich das nicht hinbekäme.’ Dann sah sie mich an und fragte: ‚Ist Ihnen der Weinbrand nicht bekommen, Sie sehen so blass aus?’ Der Weinbrand ...! Ich war entsetzt, dachte, sie hat bestimmt ein Betäubungsmittel oder Gift hineingeschüttet und rannte, als wäre der Teufel hinter mir her, aus dem Haus, nahm zwei Stufen auf einmal, stolperte, fiel der Länge nach auf den groben Kies in der Einfahrt und schrammte mir die Hände blutig. Als ich mich aufgerappelt hatte, mich kurz umdrehte, sah ich, dass sie auf der obersten Stufe zum Haus stand, mir etwas zurief und mit dem Handy herumfuchtelte. Ich habe mich nicht weiter darum gekümmert, sondern bin, so schnell ich konnte, zurück zum Auto gerannt.“

Fürsorglich strich Andrea mit der Hand über Guidos Oberschenkel und allmählich beruhigte er sich. In einem Höllentempo brauste sie weiter zur nächsten Polizeistation.

Auf dem Revier weigerten sich die Beamten, den beiden zu glauben, aber Guido wiederholte hartnäckig, was er gesehen hatte.

„Ich glaube, ich weiß, wo das ist!“, meinte einer der Polisten plötzlich. „Das muss das große Herrenhaus hinter der alten Mühle im Nettetal sein. Liegt ziemlich einsam. Unten an der Straße steht ein kleines Hinweisschild.

„Ja, ja, das ist es!“ Erleichtert atmeten Guido und Andrea auf.

Als es am nächsten Morgen bei Heppelmanns an der Haustür klingelte und Guido die Tür öffnete, traf ihn fast der Schlag. Eilig wollte er sie wieder zuschlagen, aber die wild zurechtgemachte Frau von gestern Abend, die sich in Begleitung eines Mannes befand, hatte ihren Fuß dazwischengestellt.

‚Waren sie der Polizei entkommen? Wollten sie ihn als Geisel nehmen? Aber woher hatten sie seine Adresse?’ Guidos Gedanken überschlugen sich.

„Sind Sie Herr Heppelmann, Guido Heppelmann?“, erkundigte sich die Frau.

Guido konnte sich nur zu einem krächzenden „Ja“ durchringen.

Durch den Türspalt reichte ihm die Unbekannte zwei Visitenkarten. Guido nahm die Karten und las „Bavaria-Film-Gesellschaft“. Bestimmt eine Falle! Aber darunter stand: Carmen de las Pajaras, Maskenbildnerin, und auf der anderen Karte: John Stonham, Produzent. Ungläubig starrte er die beiden an.

Stonham grinste: „Ist schon in Ordnung! Obschon ..., das zwanzig Mann starke Polizeiaufgebot war doch schon heftig. Die haben das ganze Haus auf den Kopf gestellt. Dass gestern unser letzter Drehtag war und wir unter Zeitdruck standen, konnten Sie, Herr Heppelmann, ja nicht wissen."

„A… a… aber der T… T… Tote," stotterte Guido.

Stonham bekam einen Lachanfall und Carmen de las Pajaras konnte nur mit Mühe das Kichern unterdrücken, als sie sagte: „Das war unser Hauptdarsteller, Normen Klinschy! Sagen Sie bloß, Sie kennen ihn nicht. Im Übrigen sind wir hier, um Sie zur Filmpremiere einzuladen."

Krieg ist Mord*[2]

Dichtes Schneetreiben in der Nacht. Plötzlich das dumpfe Brummen einer schweren Iljuschin. Mit dem Heulen der Sirenen detonierten auch schon die ersten Luftminen und Brandbomben. Das verheerende Feuer fraß sich mit wütender Geschwindigkeit durch die Straßen, erfasste Häuser, Bäume und flüchtende Menschen.

Per Motorrad donnerte ein Melder auf den schlammigen Barackenhof der Kompanie, sprang von der Maschine, riss die Tür zur Schreibstube auf und schrie: „Ziehen Sie die restlichen Kräfte zusammen und versuchen Sie umgehend einen Ausbruch. Der Iwan hat die Stadt umzingelt!"

„Scheiße!" Befehle bellten über den Hof. Von allen Seiten kamen Soldaten angerannt, sammelten sich und marschierten in kleinen Trupps Richtung Westen. Sammelplatz war kurz hinter der Stadt an der Flussbiegung. Dort wollten sie übersetzen, dann weitermarschieren, um sich mit den anderen versprengten Truppenteilen hinter der Front zu vereinigen.

Erwin hatte sich mit Alois Stegemeier zusammengetan. Seine Kompanie war erst vor Kurzem hierher verlegt worden, nachdem nur noch gut ein Dutzend Männer davon übrig geblieben waren.

---

* Die folgende Erzählung ist dem Roman ‚Der Fluch der Tochter des Schmieds' von Anne Koch-Gosejacob, Geest-Verlag 2008, entnommen.

Die beiden kannten sich aus der Schulzeit, hatten später auch zusammen im FC Bissendorf Fußball gespielt. Jetzt war jeder von den beiden froh, einen Menschen aus der Heimat bei sich zu haben.

„Wir bleiben dicht beieinander, damit wir uns in der Dunkelheit nicht verlaufen."

„Geh du vor, ich gebe dir Rückendeckung! Die verdammten Russen sind zäh wie die Ratten, tauchen aus allen Löchern auf, stehen plötzlich völlig unerwartet an einer Straßenkreuzung. Ehe du dich versiehst, haben sie dich abgeknallt."

Die Gewehre im Anschlag, schlichen sie dicht an den zum Teil eingefallenen Häuserfronten entlang, hielten zwischendurch kurz an und lauschten. Aus der Südstadt drang ab und zu Gefechtslärm herüber.

„Hoffentlich erwischen sie keinen von uns."

„Halt's Maul, schau lieber vorsichtig um die Ecke."

Mit dem Rücken an der Wand tastete sich Erwin vor, legte dann den Finger auf den Mund und flüsterte: „Straßensperre! Drei Russen mit einem MG! So ein Mist!"

„Was machen wir jetzt?"

„Weiß ich nicht."

In diesem Moment sprang gegenüber aus dem zerbombten Haus eine streunende Katze auf den Gehweg, traf auf eine verbeulte Blechdose, die scheppernd weiterrollte.

„Stoi, kto zdesj?", schrie einer der Russen, und der andere: „Fritzen! Streleij!" Gewehrsalven hackten die Straße entlang. Tack, tack, tack! Aus der anderen Richtung hallten schnelle Stiefelgeräusche auf dem Kopfsteinpflaster, kamen näher, dröhnten in Erwins Ohren. Ohne zu überlegen, schob er Alois zurück in die nächste Toreinfahrt. Hastig stiegen sie über aufgetürmte Schuttberge, rutschende Steinbrocken und zerbrochene Möbelstücke.

Sie hielten den Atem an, als sie das mahlende, knirschende Geräusch von Panzerketten hörten.

„Wo kommt der denn plötzlich her?" Zitternd umklammerte Alois das Sturmgewehr.

Erwin blieb stehen, spitzte die Ohren, zeigte dann nach hinten und flüsterte: „Los, wir verstecken uns dort."

Geduckt liefen sie weiter, standen gerade aufatmend hinter einer dicken Ziegelwand, als das schwere Geschoss mit Wucht über ihnen einschlug und ein greller Blitz die Umgebung erhellte. Steine flogen durch die Luft. Die Wand schwankte, zerbröselte wie ein Kuchenteig und begrub Erwin unter sich, während Alois gerade noch zur Seite springen konnte, dann aber wie auf einer Rutsche fluchend in die Tiefe glitt.

Nach einigen Minuten kam Erwin wieder zu sich. Sein Kopf tat höllisch weh und etwas Warmes lief über seine Stirn. Stöhnend biss er die Zähne aufeinander, versuchte, sich zu konzentrieren.

Sein rechter Arm war in Ordnung. Auf dem linken lag ein Steinbrocken. Vorsichtig zog er den Arm darunter weg, versuchte, ihn zu bewegen, hätte dabei um ein Haar laut aufgeschrien.

Trotz der vielen Steine, die auf seinem Unterleib und auf seinen Beinen lagen, fühlte er keinen Schmerz. Er fror nur fürchterlich, fing an zu zittern und schloss für einen Moment die Augen. Als er sie wieder öffnete, sah er nur ein paar Meter entfernt im fahlen Mondlicht eine junge Frau stehen. Auffordernd winkte sie ihm zu.

„Ich kann nicht“, röchelte er.

Aber sie ließ sich nicht beirren. Kam lautlos näher. Hielt ihm ihre weiße Hand hin und flüsterte: „Komm mit mir.“

Alois war in einem halbzugeschütteten Keller gelandet, hatte außer fürchterlich brennenden Hautabschürfungen nichts abbekommen. Hektisch versuchte er, sich wieder herauszuarbeiten. Aber das war nicht so einfach. Seine Hände fanden keinen richtigen Halt, und er rutschte immer wieder zurück. Endlich konnte er sich hochhangeln. Lag gerade zur Hälfte draußen, als er hörte, wie Erwin mit jemandem sprach.

„Gott sei Dank, du lebst!“

Aufatmend zog er sich ganz aus dem Loch und sah sich vorsichtig um. Niemand war zu sehen.

„Mit wem hast du gesprochen?“, fragte er leise.

„Mit der da.“ Stöhnend versuchte Erwin, den Arm zu heben, um in die Richtung zu zeigen.

„Mensch Erwin, da ist doch keiner.“

„Aber ich seh sie doch. Sogar ganz deutlich.“ Weinerlich verzog er das Gesicht.

Alois robbte weiter vor, hob den Kopf und schaute sich suchend um. Keine Seele, nicht mal ein Schatten war zu sehen. Dann fiel sein Blick auf Erwin. Er zuckte zusammen, als hätte man ihm ein Messer in die Brust gerammt.

„Scheiße!“, murmelte er.

„Jetzt siehst du sie auch. Sie ist hübsch, nicht wahr?“ Stoßweise kamen die Worte über Erwins Lippen.

„Erwin ...“ Alois streckte den Arm aus und berührte mit den Fingerspitzen zaghaft die Schulter des Verletzten. Doch dann dachte er: ‚Warum soll ich ihm widersprechen. Ist doch egal, ob ich sie sehe oder nicht.‘

„Sie will, dass ich ..., dass wir mitkommen. Ihr langes Kleid ...“

„Was ist mit ihrem Kleid?“ Er konnte ihn kaum noch verstehen.

„Ich glaube, es brennt.“

Alois hatte sich so auf seinen Freund konzentriert, dass er die leise knirschenden Schritte überhörte.

„Zdesj ktoto estj!“

Vor Schreck rutschte er zurück in den Keller. Augenblicke später stand der Mann direkt vor Erwin. Sekundenlang starrten sich beide an. Langsam hob der russische Soldat den schweren Nagant-Revolver.

Alois war wie gelähmt, hielt sich die Ohren zu, wartete darauf, dass der nächste Schuss ihm galt.

Die Zeit verrann. Nichts passierte. Schließlich raffte er sich auf, hangelte sich wieder nach oben und stemmte sich aus dem Loch. Auf allen vieren kroch er zu Erwin, beugte sich über ihn und strich ihm behutsam die Augen zu. „Ist besser so, Kumpel. Ich hätte dir sowieso nicht helfen können.“

Rasch suchte er nach der Erkennungsmarke, brach sie durch und nahm das Stück an sich. Mit Tränen in den Augen stand er da, warf einen letzten Blick auf Erwin, schulterte sein Gewehr und rannte, so schnell er konnte, in Richtung Fluss.

Anne Koch-Gosejacob
Wenn die Dämmerung den Tag umfängt
Mit einem Vorwort der Deutschen Parkinson Vereinigung e. V.
Geest-Verlag 2010
ISBN 978-3-86685-244-0
220 Seiten, 12 Euro

Die Tochter, selber inzwischen Rentnerin, wird plötzlich vor die Aufgabe gestellt, ihre an Demenz und Parkinson erkrankte Mutter zu pflegen und sie bis zu ihrem Tod zu begleiten. Konflikte und Probleme machen den Familienangehörigen zu schaffen. Psychischer Druck und Aggressivität der Mutter verletzen, unerwartete Nähe ist beglückend. Wer war die Frau, die ihre Mutter ist? Die Tochter versucht, dies in kurzen Rückblenden und Geschichten zu ergründen.
Ein Buch, in dem sich viele Menschen, die in vergleichbare Situationen geraten sind, wiedererkennen werden. Ihnen wird das Buch Orientierungshilfe sein, die Verfassung des Erkrankten, aber auch von sich selber und anderen Familienangehörigen zu verstehen. Bewusst ist es nicht als Fachbuch gehalten, vielmehr als einfühlsamer Erzähltext geschrieben, in dem sich die unterschiedlichen Gefühls- und Erlebniswelten spiegeln und so verstanden werden können.

Anne Koch-Gosejacob
Der Fluch der Tochter des Schmieds.
Historischer Roman.
Geest-Verlag 2008
ISBN 978-3-86685-113-9
328 S., 12,50 Euro

Osnabrück, zur Zeit des Dreißig-jährigen Krieges.
Die Bevölkerung leidet, was der machthungrige Bürgermeister Peltzer ausnutzt, um sich durch die Verfolgung von Hexen als starker Mann zu präsentieren. Währenddessen wächst die schöne Schmiedetochter Greta wohlbehütet auf und verliebt sich in einen Rittmeister der schwedischen Besatzungsmacht. Ihre Liebe beruht auf Gegenseitigkeit. Aus Eifersucht verleumdet ihre beste Freundin Ludeke sie als Hexe.
Gretas Leidensweg beginnt, doch ihre Rache ist schrecklich. Nach ihrem Tod, aus dem Zwischenreich heraus, holt sie sich daraufhin jeden männlichen Nachkommen Peltzers. Bis zur Geburt des kleinen Daniels ...
Voller Sorge um ihren Enkel erforscht Marie nun anhand von Aufzeichnungen der Ahnen die gewaltsamen Tode innerhalb der Familie und kommt zu einer ungewöhnlichen Lösung.
Eine spannende Familiensaga vom späten Mittelalter bis in die Neuzeit